花と流れ星

道尾秀介

GENTOSHA NOVELS

装幀　bookwall
カバー刺繍イラスト　やまぞえみよ

目次

流れ星のつくり方

1

「懐中電灯か何か、持っていったほうがいいんじゃない?」

座椅子から浴衣の腰を浮かせて、道尾《みちお》がもごもごと言う。ビールと地酒で、すっかり顔が赤らんでいる。口の端からちょろりと出ているのは好物のスルメだ。

「平気ですよ、街灯くらいあります。白峠村《しろとうげ》じゃないんですから。それに、散歩に懐中電灯っていうのも、おかしいじゃないですか」

笑いながら、北見凛《きたみりん》は宿のスリッパに足を入れた。

「じゃ、ちょっと行ってきますね。——ついでに何か買ってくるもの、あります?」

「玄米茶、冷たいやつ」

座卓から顔も上げずに答えたのは真備庄介《まきびしょうすけ》だ。彼は先ほどから、宿の備品の木製動物パズルに熱中していた。

「ウーロン茶か緑茶でもいいですか？」

「うん。――いや、玄米茶」

「おい真備、玄米茶って、そのへんで売ってるものなのか？　見たことないぞ」

「売ってるさ。僕たちが降りたバス停の後ろに自販機が二台あったろう。あの、向かって右側のやつにも並んでた。最上段の左から二番目」

「きみ、いつもそんなものを記憶しながら歩いてるのか？」

「玄米茶の位置だけだよ」

凜はハンドバッグを片手に部屋を出た。背後で、お、という真備の声が聞こえた。動物パズルが完成したのだろう。

床板の軋《きし》む廊下を抜け、灯《あか》りの消された暗い玄関でサンダルに履き替える。引き戸をそっとあけると、潮の香りがふわりと顔を包んだ。

後ろ手に戸を閉め、細い露地に歩を進める。しんとした夜の空気に、自分の足音だけが響いた。道の左右に並ぶ黄色い窓の灯《ひ》は、軒を連ねた民宿だ。初秋の夜風が浴衣の襟元を撫《な》で、アルコールで少し熱《ほて》った肌に心地よかった。

角を二度曲がり、海沿いの国道に出る。

時刻は午後十時を少し回ったところだ。片側一車線の湾岸線は静かなもので、車の行き来も少なければ、人の姿などまったくない。行く手の歩道に、一定の間隔で、街灯が円《まる》い光を落としていた。

澄んだ夜空に、切った爪の先のような月が浮かんでいる。

びっくりするほど、星の数が多い。

星を見ると、凜はきまって羊を思い浮かべる。幼い頃、姉と二人で読んだ物語からの連想だ。

左手につづく堤防の切れ目から、砂浜が見えた。やはり人けはなく、砂のところどころに、盛夏の余韻のように、燃えきった花火の筒が転がっている。ゆったりとした波の音に合わせて、水際《みずぎわ》で灰色の波頭がちらちらと踊った。水平線に瞬《またた》く光は、漁火《いさりび》だろうか。

凜、道尾、真備の三人がこの海沿いの町にやってきたのは、今日の昼過ぎのことだった。

この冬、ホラー作家である道尾が、凜が助手を務める『真備霊現象探求所』に一つの相談事を持ち込んだ。福島県白峠村で生じた、ある怪奇現象に関するものだ。もの哀しい後味を残しながらも、真備の手によってその一件はどうにか解決したのだが、それに対する礼として道尾が企画したのが今回の一泊旅行だった。行き先として道尾が海辺の宿を選んだのは、きっと、山中深くで起きた冬の事件の印象からなるべく遠い場所で過ごしたいという思いがあったからなのだろう。

五分ほど歩いたところで、道の反対側にバス停が見えてきた。青いプラスチックのベンチが置かれていて、その脇に自販機が二台並んでいる。蛍光灯が切れかかっているのか、自販機の灯りはときおり頼りなく明滅していた。横断歩道を渡り、凜はそちらに足を向ける。

「――ほんとだ」

玄米茶の缶は、たしかに真備が言ったとおりの場所にあった。

自販機に小銭を入れ、ボタンを押す。ごん、と取り出し口に落ちてきた冷たい缶を手に、踵《きびす》を返そうとしたが――。

「もったいないかな」

このまま部屋に戻ってしまうのは、どうも惜しい気がする。東京で暮らす凜には、夜の海辺というシチュエーションなど、なかなか味わう機会はない。

少し、ゆっくりしていこう。

そんな気になった。

ベンチに腰を下ろしてみる。薄い浴衣の生地をとおして、プラスチックの感触がひんやりと伝わってきた。咽喉《のど》が渇いていたので、買ったばかりの玄米茶の缶をあけ、ひと口飲んだ。真備の分は、あとでもう一本買えばいいだろう。

規則的な波の音に耳を傾け、ぼんやりと夜空を見上げているうちに、旅情というものが胸の中でにわかに頭をもたげてきた。

知らない町。知らない夜。耳慣れない波音。

どこからか、微《かす》かな音楽が聞こえてくる。バイオリンのソロ。聞いたことのない曲だが、牧歌的な、耳に馴染《なじ》みやすい旋律だった。しばしその曲を聴くともなしに聴いていた。単純なリフレインの部分に、小さく鼻歌を重ねてみる。

ほどなくしてバイオリンの音はやみ、かわって、男の低い声が、なにやらぼそぼそと話しはじめた。

ラジオかな――。

凛は玄米茶の缶を唇にあてた。

「バスを待ってるの？」

不意に、背後で声がした。

振り向くと、凛が腰を下ろしているベンチのちょうど後ろに、矩形《くけい》の光が灯《とも》っていた。民家の窓。さっきまでは暗かったその場所に、光を背にして、網戸越しに少年が一人、顔を覗《のぞ》かせている。

「ううん、そういうわけじゃないのよ」

途惑《とまど》いながらも、凛は答えた。

「ちょっと休んでただけ」

「そう──よかった」

「どうして？」

「今日のバスは、もう終わっちゃったから。このへん、すごく早いんだ」

生真面目《きまじめ》な声で、少年は言う。

「親切なのね」

凛はベンチの背もたれに肘《ひじ》を載せ、上体を後ろに向けた。

「──そこから、いつもみんなに教えてあげてるの？」

「そういうわけじゃないよ」

言いながら、少年はからからと網戸をひらいた。半袖《はんそで》のTシャツから伸びた白い両腕を、窓枠の上で組み、そこに顎《あご》を載せる。さらさらした真《ま》っ直《す》ぐな髪が額に垂れて、ヘルメットのようだ。黒目がちの綺麗《きれい》な眼が、とても印象的だった。

「今日はたまたま、聴きたい番組があったから」

見ると、窓枠にラジオが一台置かれている。先ほどのバイオリンは、あのラジオから聞こえていたようだ。いまは、ぼそぼそとした男性のナレーションが、スピーカーから小さく響いていた。

「ここに持ってこないと、ちゃんと聞こえないんだ。家の中は電波が悪くて。──それとも、僕のラジオがいけないのかな……」

少年はそう言って、文庫本を二、三冊重ねたほどの大きさの黒いラジオを、爪の先で叩《たた》いた。真っ直ぐ上に突き出されたアンテナの先が、ふるふると震える。

「それ、あなたのラジオなんだ」

少年はうなずいた。

「退院祝いに、お母さんが買ってくれた。もう三年以上使ってる」

「入院してたの？」

「そう——病気になっちゃって」

はにかむように、少年は笑った。下側の乳歯が一本欠けているのが見えた。

「治って、よかったね」

凜が言うと、相手は首を横に振る。

「まだ治ってないよ。いまでも、たまに病院に行ってる」

「そう……」

凜は少年の顔を見直した。全体的な線が細くて、病弱そうな印象。小学生の頃、同じクラスに先天性の心臓病を患《わずら》っている男の子がいたが、少年の面立ちは、どこか彼に似ている気がした。

「どんな病気なの？」

凜の問いに、少年はしばらく難しい顔をして唇を尖《とが》らせていたが、やがてふと眉《まゆ》を上げて言う。

「教えない」

訊《き》かれたくなかったのかな――。

凛は話題を転じた。

「それにしても、退院祝いにラジオっていうのも、ちょっと珍しいね」

「かもね」

少年は肩をすくめる。

「ラジオはほら、いろいろと想像を膨らませられるからって――悩んだ末に、これに決めたらしいんだ。お母さん、そう言ってた」

なかなか慧眼《けいがん》の母親というべきだろう。

「あなたは、ずっとここに住んでるの？」

「違うよ。ここはお祖母《ばあ》ちゃんの家」

「遊びに来てるんだ」

「そう――あ、ちょっと静かにして」

少年は急に声をひそめる。ラジオに手を伸ばし、手慣れた仕草でつまみの一つをいじると、ボリュームが少しだけ大きくなった。明るいピアノの旋律が流れ、男性のナレーションが重なる。『名作劇場』という番組らしい。

「これ、毎週聴いてるんだ」

小声で、少年が言う。

「お姉ちゃんも、いっしょに聴いてく？」

そう言われ、少し迷った。あまり遅くなると宿の二人が心配するだろう。しかし、ナレーターの声が今夜の物語のタイトルを口にした瞬間、凜はその場に残ることに決めた。

『サン＝テグジュペリ作　星の王子さま――』

幼い頃、姉と二人で顔を寄せ合うようにして読んだ、懐《なつ》かしい童話。星を見て羊を思い浮かべるようになったのは、この物語のためだった。――主人公が、ある日突然出会った小さな王子さまに、羊の絵を描いてくれとせがまれる。ところが何度描いてやっても相手は気に入ってくれない。困った主人公は最後に、小さな穴のあいた、四角い箱を描いて渡す。この中に羊がいるから、と。そして、それが初めて王子さまの気に入るのだった。凜がそのシーンの意味を理解できるようになったのは長じてからのことだ。読んだ当時は、ただの箱の何が嬉《うれ》しいものか、さっぱりわからなかった。あのとき姉と二人して、さんざん頭をひねったからこそ、羊が印象に残ったのかもしれない。

凜はベンチに座り直すと、秋の夜空を見上げて、背後から聞こえる物語に耳をすました。

2

『星の王子さま』の朗読が終わる。つづいてナレーターが『ミステリーの館《やかた》』という番組名を読み上げたところで、少年が唐突にラジオのスイッチを切った。

「ミステリーは、好きじゃないの？」

凜は振り返る。

「だって、人が死ぬでしょ」

少年はそう答え、大人びた仕草で頬に手をあてた。それからちらりと空に顔を向け、急にこんなことを訊いてくる。

「ねえ——流れ星、見たことある？」

凜は首を横に振った。東京育ちの凜にとって、流れ星などというものは、たとえば地平線や、キツネやタヌキのように、現実の生活とはかけ離れた存在だ。見るとか見ないとか、そんなことをこれまで思ったことさえなかった。

「つくり方、教えてあげようか」

「つくり方？」

思わず訊き返す。

「何のつくり方？」

「流れ星のだよ」

少年の小鼻が自慢げに膨らんでいる。

「流れ星って、つくれるんだよ。お父さんに教えてもらった」

「どうやって？」

「説明してあげる——あっち見て」

少年は空を指差す。

凜はベンチの背もたれに浴衣の背中をあずけ、首を上に向けた。

「まず、いま見えている星の中で、いちばん光っているやつを探すんだ。光が強いほど、成功しやすいからね」

視界の右上に、ひときわ明るい星があった。凜はそれを選んだ。

「見つけた？——そしたらね、今度は、その星からちょっと離れたところを見るんだ。それで、そこを真っ直ぐに見て、眼をあけたまま、さっと頭を横に回すんだよ」

「……それだけ？」

「そう、それだけ。でも上手《うま》くいくと、ほんとに見える。やってみて」

言われたとおりにした。星の少し左のほうを見て、眼をあけたまま、首を右向きに回してみたが——。

「……見えないよ」

「見えるよ。眼を真っ直ぐにしたまま、頭だけ回すんだ。こうやって」

少年が実際にやってみせる。上を向き、首をくい、と回す。凜はその動きをできるだけ真似て、もういちど挑戦してみた。が、やはり見えない。星が、右から左へ、素早く移動するのはわかるが、とても流れ星には見えてくれない。

「首をこうやるんだよ——こう——こう」

「こう——こう——ううん、上手くいかないなあ……」

何度か試しているうちに、それが子供騙《だま》しの手品だとは知りながらも、なんだか意地になってきた。

「こうだよ、こう——真っ直ぐに見て、こう。余計なことを考えちゃいけないんだ。何ていうか、ぼんやりする感じで」

「こう——こう——あ、いま惜しかったかもしれない」

だんだん首が疲れてきた。しかし回数を重ねるごとに、星の動きはスムーズになっていく。流れ星のイメージに近くなっていくような気がする。玄米茶で咽喉を湿らせ、いちど気持ちを落ち着けてから、凜はなおも挑戦をつづけようと首を上に向けた。

「ねえ、それやりながらでいいから、聞いてくれる?」

背後で少年が言う。

「僕ね、将来医者になりたいんだ」

「へえ、ちゃんと将来のことなんて考えてるんだ」

「医者になって、僕と同じような病気の人を、助ける。でも、もし医者になれなかったら、警察官になる」

医者と警察官とはまた、ずいぶんと極端な職種を同時に目指すものだ。

「でも、その前に、早く病気を治さなきゃ。どっちも、健康じゃないと、なれない職業だから」

「そうね——」

凛はちらりと後ろを見た。

「ところで、警察官になったら、何をするの？」

「友達のお父さんとお母さんを殺した奴《やつ》を、捕まえる」

すぐには言葉の意味を捉《とら》えることができなかった。何度か瞬《まばた》きをしてから、凛は上体を後ろに向け、少年の顔を正面から見直した。

「友達のご両親が——誰かに殺されたの？」

探るように、それだけを口にする。少年は小さくうなずいた。

「二年前。僕と友達が一年生のときに。お母さんは胸を刺されて、お父さんなんて、身体《からだ》中めちゃめちゃに刺されて——殺されたんだって。二人いっしょに」

「犯人は、じゃあ、まだ――？」

「うん。逃げていった」

国道を、トラックが大きな音を立てて走り抜けた。

「ねえ、どうやって逃げたか、わかる？」

唐突な少年の問いに、凛は曖昧《あいまい》に首を振った。

少年は、何か思案しているようにしばらくぼんやりしていたかと思うと、こんな言葉をつづけた。

「どうやって逃げたか、当ててみて」

3

「僕たちの家、成城にあるんだ。東京の端っこ。神奈川との境目あたり。友達の家のほうは、友達が親戚《しんせき》に引き取られてからは、誰も住んでないけどね」

少年の声は淡々としていた。

「土曜日の、お昼過ぎだった。僕と友達は二人で学校から帰ってきた。私立だから、土曜日も学校があったんだ。友達の家の、玄関の前までいっしょに行って、僕はそこで別れた。友達はそのあと一人で玄関を入った。そのときにはもう、お父さんもお母さんも殺されてたんだって。お父さんはリビングのソファーの前に倒れていて、お母さんのほうはキッチンの隅で、座り込むみたいにして、死んでたんだ」

「驚いたでしょうね……」

凜の言葉に、少年は何も答えなかった。

「僕は毎朝学校に行く途中、友達の家に寄ってたんだ。玄関のすぐ脇に友達の部屋があって、いつも八時ちょうどに、そこの窓をノックするんだよ。そうすると友達が玄関から出てきて、それから二人して学校に行く。その日も、そうした。いつもどおり、僕たちは八時に友達の家の門を出た。そのときはもちろん、友達のお父さんもお母さんも生きていて、ちゃんと僕たちを見送ってくれた。だから、犯人は僕たちが学校に出かけたあと、家に入り込んだんだ。僕たちが帰ってきたのが十二時半頃だから、そのあいだってこと」

「どうして、わざわざ明るい時間帯に泥棒に入ったのかしら」

独り言のように凜が呟《つぶや》くと、

「泥棒じゃないよ」

少年は首を振る。

「何も盗《と》られてなかったもん」

「じゃあ……」

「友達のお父さん、いろんな人に怨《うら》まれてたみたい。よくはわからないけど、やっていた仕事のせいで。だから殺されちゃったんだ。お母さんは、たぶん、ついでに殺されたんだろうって——友達の、叔父さんが言ってた。殺されたお父さんの、弟にあたる人」

話しながら、少年はラジオに手を伸ばし、ふたたびスイッチを入れた。適当にチューニングのつまみを回し、スピーカーから英語の女性ボーカルが聞こえたところで手を止める。澄んだ歌声はオリビア・ニュートン＝ジョンだ。しかし少年の気に入らなかったようで、彼はまたチャンネルを探しはじめた。

「犯人が明るい時間帯を選んだのは、警備システムがあったからだよ。友達の家、ずっと前に泥棒に入られたことがあって、そのときにお父さんが心配して警備システムを入れたんだ。あの家、ちょっと奥まったところに建ってるから、狙《ねら》われやすいのかも。とにかくそのシステムのおかげで、誰かが夜に忍び込もうとしても、できない。すぐにブザーが鳴って、警備会社の人が駆けつけてくるから」

「昼間は、そのスイッチが切ってあるの？」

「ううん、そうじゃない。昼間も警備システムは切ってないよ。だから犯人は、家に入るには、中から玄関のドアをあけてもらうしかなかったんだ」

なるほど、犯人が明るい時間帯を選んだのはそのためか。暗い時間の訪問では、顔見知りでもないかぎり、すんなりとドアをあけてはくれないだろうから。

「犯人が、どうやってドアをあけさせたかというと——宅配便の人の格好をして、呼び鈴を鳴らしたんだ」

「誰かが、見ていたのね」

凜が訊くと、少年は「後ろ姿をね」と答えた。

「朝の九時過ぎに、宅配便の格好をした人が玄関のドアから入っていくのを、近所のおばさんが見てた。僕たちが出かけてから帰ってくるまでのあいだ、家に入るのを見られているのはその宅配便の人だけなんだ。しかもその人が玄関から出てくるのを、誰も見てない。だからそいつが犯人だろうって——警察も、そう考えてるみたい。顔がわからないから、なかなか捜せないらしいけど」

少年の話に、凜は首をひねった。

「でも——家は、ちょっと奥まったところにあるんでしょう？」

目撃されていないだけで、その人物以外にも、誰かが出入りしていた可能性はある。それに、家から出てくるのを誰も見ていないと言うが、その人物が家に入り込んだ九時過ぎから、少年たちが学校から帰ってきた十二時半まで、三時間以上ある。そのあいだ、近所のおばさんは、ずっと門を見張っていたとでもいうのか。

凜が疑問を口にすると、少年はこう説明した。

「その日はたまたま、家の前で道路の補修工事があってね、大人が五、六人で、ずっと作業をしてたんだ。工事の人たちが到着したのは、宅配便の人が玄関のドアを入っていった、すぐあとだった。おばさんが言うにはね。で、僕たちが帰ってきたときも、まだ工事はつづいていたから――」

ああ、そういうことか。

「その、工事をしていた人たちも、宅配便の格好をした人が玄関から出てくるのを見ていないのね」

「そう。工事は門のすぐ前でやってたから、いくらこっそり出ていこうとしても、無理だろうね。誰かがドアから出てくれば、気づかれないはずないよ」

それならばたしかに、その人物が犯人と見て間違いないのかもしれない。

――いや。

「ちょっと待って」

凜は少年の顔を見つめた。

「あなたたちが帰ってきたときも、工事はつづいてたのよね？」

「そうだよ。工事が終わったのは、僕たちが友達の家に着いた、三十分後くらい」

「一時か。ということは――」

犯人はいつ、家を出たのだろう。玄関のドアを入ったきり、誰にもその姿を見られていないのだ。

と、ここで凜は、先ほどの少年の言葉を思い出した。

——どうやって逃げたか、当ててみて。

ちらりと少年を見やる。少年は凜にじっと顔を向けている。

「こう見えても、まったくの素人《しろうと》じゃないのよ」

凜は立ち上がり、望むところだという仕草で浴衣の腕を組んだ。

「窓は？　窓から出て、塀を乗り越えて出たとか」

犯人が家に侵入し、犯行のあと、思いがけず家のすぐ前で道路工事がはじまっているのに気がついた。するともう、犯人は窓から出ていくしかない。警備システムも、内側から窓をあけるのなら作動しないはずだ。

「窓からは出てない」

少年の返答は素早かった。

「泥棒に入られて警備システムを取り付けたとき、友達のお父さんはついでに一階と二階のぜんぶの小窓に、アルミの格子を嵌《は》めたんだ。格子は、どこも壊されてなかった」

「小窓以外は？　大きな窓には、格子は嵌められないでしょ？」

「そうだね。その家には、格子の嵌まっていない窓が二箇所だけあった。——庭に面した大きな窓と、その真上にある、二階のベランダに出る窓。でも、その二つの窓は、門の前から丸見えなんだ。そこから人が出入りしたとしたら、どんなに気をつけても、絶対に工事の人に見つかってる」

「そうか……」

凜は顎に手を添えて考える。玄関のドアと窓以外に、どんな出口があるだろう。煙突――馬鹿らしい。地下道――ありえない。裏口は――。

「裏口はないよ」

凜の心を読んだように少年が言う。

「家から外に出る方法は、玄関のドアと、窓以外にはなかった」

凜は思わず鼻息を洩《も》らした。玄米茶を口に含み、横目で少年を見る。彼は相変わらず、凜にじっと顔を向けている。

……………。

ちょっとした違和感を、凜はそのときおぼえた。

先ほどラジオでミステリー番組がはじまったとき、少年はすぐにスイッチを切った。人が死ぬから、好きじゃない、と言って。それなのに、いまはこうして彼自ら、見知らぬ大人を相手にミステリーじみた問答を仕掛けている。しかもその内容は、友人の両親の殺害に関するものなのだ。ミステリー好きな人間でさえ、そう軽々しく持ち出せる話題ではない。

ただ、彼の表情を見るかぎり、べつにこの謎《なぞ》掛けを楽しんでいるというわけではなさそうだ。彼の眼には、何と言えばいいのか、相手に向かって何かを訴えているような——そんな色がある。

「わからない？」

少年が口をひらいた。凜は彼の顔から視線を外し、ふたたび頭を働かせる。

犯人は、いつ、どうやって家を出たのか。

どこかに盲点があるはずだ。

「あ——」

その答えは、意外にもあっけなく浮かんできた。ただ、それはあまりに気味の悪いものだったので、すぐには口にするのがためらわれた。

「言ってみて」

少年に促され、思い切って顔を上げる。

「犯人は——友達が帰ってきたとき、まだ家の中にいたのね」

少年は表情を変えない。

「家のどこかに隠れていて、外の工事が終わったのを見計らって——そっと家を出た」

少年は、しばし沈黙していたあと、ぽつりと言った。

「——正解」

「そういうことだったのか」

「あそこの玄関のドアは、慎重にやれば、音を立てずにあけ閉めできるんだ。高級品だからかもね。だから犯人は、家にいる友達に気づかれずに出ていくことができた」

そのときの状況を、凛は頭に思い浮かべてみる。小学校一年生の男の子が学校から帰宅する。家に入ると、両親が、血まみれで死んでいる。しかもその凶行をしでかした犯人は、物陰に隠れ、息を殺して脱出するタイミングを窺《うかが》っている。犯人は、外から聞こえる工事の音がやんだのを確認し、男の子の隙《すき》を見て、忍び足で玄関のドアから――。

「あれ……」

ちょっと待て。何かおかしい。

そうだ、おかしい。

「警察が、来ちゃうよね」

先ほど少年は、工事が終わったのは友達が帰宅した三十分ほどあとのことだと言っていた。――遺体を発見し、すぐに一一〇番したとして、それから三十分ものあいだ警察が到着しないなんて考えられない。それに、工事現場の人々にしても、すぐ目の前の家で殺人事件が起きたというのに、そのまま悠長に工事をつづけているというのも不自然だ。たとえ工事現場の人々がそうしようとしても、警察が許さないだろう。

「友達はね」

少年が、ぷつんとラジオのスイッチを切った。

「――通報しなかったんだ」

4

「え……」

「警察を呼んだのは、さっき言った、近所のおばさんなんだよ。夕方の四時くらいに、何かの用事で家を訪ねてきて――そのときに」

「どういうことなの？」

凜がとっさに考えたのは、両親の遺体を前に、警察を呼ぶことなど思いつきもせず、ただただ泣き崩れ、震え、四時間ものあいだ、何もできずにいる子供の姿だった。そしてつぎに、一瞬だけ浮かんだのは、虐待という忌まわしい単語だ。両親からの虐待を受けてきた男の子は、二人の死を知っても、哀しみもせず、警察に連絡しようともしなかった――。

しかし少年のつづけた説明は、凜の想像とはまったく違っていた。

「おばさんが家の呼び鈴を押すと、玄関に友達が出た。おばさんが、『お母さんは？』って訊くと、友達は『まだ帰ってません』って答えた」

凜は少年の言葉を思い出す。

──玄関のすぐ脇に友達の部屋があって、いつも八時ちょうどに、そこの窓をノックするんだよ。

「わかったわ。友達は、学校から帰ると、すぐに自分の部屋に入ったのね。そして、ずっとそこにいた。家の奥で二人が死んでいるなんて、思いもしなかった。ただ出かけているだけなのだと勘違いしていた」

「そう──それも正解」

言いながら少年は、哀しそうに眉を寄せた。

「おばさんは友達の言葉を聞いて、すぐに『おかしい』と思ったんだ。友達一人を家に置いたまま、お父さんもお母さんも出かけちゃうなんて、それまで聞いたことがなかったから。だからおばさんは、まさか死体を見つけるとは思ってなかっただろうけど、なんとなく家の中に入ってみた。そしたらそこに」

──遺体が二つ転がっていたというわけか。そして彼女は慌てて警察を呼んだ。

「なるほど。じゃあ、こういうことなのね。犯人は家のどこかに隠れていて、工事の終わった一時から、おばさんの訪ねてきた四時くらいのあいだに、玄関から出ていった。

──友達の部屋は玄関を入ってすぐのところにあるって言ってたけど、もちろん友達は、部屋のドアを閉めていたのよね？」

そうでなくては、犯人は玄関のドアを出ることはできまい。

しかし少年の返答は、またも凜の頭を混乱させるものだった。

「部屋のドアは、あいてたよ」

「――あいてた？」

凜は鸚鵡《おうむ》返しに訊いた。

「あけっぱなしだった。おばさんが来て呼び鈴を鳴らすまで、ずっと」

では犯人は、部屋にいる男の子が、こちらを向いていない瞬間を狙って、そっとドアをあけて出たというのだろうか。しかしそれには、かなりの際《きわ》どいタイミングが要求される。相手の視界に一瞬でも入ってしまえば、お終《しま》いなのだから。

「ねえ、もう一回訊いていいかな。――その友達の部屋っていうのは、玄関を入ってすぐのところにあるんだよね？」

「そう。玄関の右側」

「玄関を挟んで、部屋の反対側には何があるの？　トイレとか、お風呂とか――」

「物置が一つ。ちょうど、友達の部屋のドアと向かい合う位置にね。掃除機とか、点《つ》かなくなった蛍光灯とかが入ってた」

「そこには、大人が入ることのできるようなスペースはある？」

凜がそう訊くと、少年は唇を曲げて、微妙な表情をつくった。

「うん――あるね」

「そう……」

　では犯人は、そこに隠れていたのだろうか。物置のドアの隙間から、向かいの部屋の様子を窺い、男の子が後ろを向いた瞬間を狙って――。

　いや、それでは先ほどの想定と同じだ。犯人が廊下の奥にいたとしても、物置の中にいたとしても、同じことだ。要求されるタイミングが際どすぎることに変わりはない。

　もしかして犯人は――男の子を脅したのだろうか？

　逃げる際にうっかり目撃されて、声を上げられるよりも、いっそ犯人は男の子を脅しつけ、黙らせたのではないか。凜はそう考えた。しかしすぐに、それは違うと首を振る。四時におばさんがやってきたとき、男の子は両親が殺害されたことをまだ知らなかったのだ。

　では、犯人が男の子に、演技をしながら話しかけたというのはどうだろう。水道の点検に来ていた業者だが、点検が終わったので帰ります、などと言って。いや――それも違う。そんなことをすれば、男の子に人相を知られてしまう。少年が言うには、犯人はあくまで後ろ姿を目撃されているだけなのだ。近所のおばさんによって。

　――ねえ、どうやって逃げたか、わかる？

　――当ててみて。

　凜は少年を見た。少年は、また凜にじっと眼を向けていた。まるでこちらの頭の中を覗き込もうとしているかのように。

　そうしてしばらく視線を合わせているうちに、なんとなく、相手の存在が不気味に思えてきた。淡々としたその話し振りも。自分を見つめるその眼も。

　もしやこの少年は、空想癖があるのではないか。一瞬、そう考えた。友達の両親が殺されたというのは、そもそも彼の創《つく》り出した物語なのではないか。

　しかしその考えを、凛はすぐに自ら打ち消す。これまで彼の話した内容に、嘘は含まれていないのが、凛にはわかる。だがそれと同時に、嘘とは呼べない何か——はっきりとはわからないが、何か大きな誤魔化しのようなものを、彼の話の中には感じ取れるのだった。その曖昧な不信感こそが、彼の存在を不気味に感じさせているのかもしれない。

——と。

　空気の沈黙を裂いて携帯電話の着信音が鳴り響いた。

　どきりと心臓が鳴ったが、ハンドバッグから取り出した携帯電話のディスプレイに真備庄介の名前が表示されているのを見て、ほっとした。

「はい、北見です——」

『やあ北見くん。玄米茶、見つからないみたいだね。もしあれなら、べつにウーロン茶でもいいよ。緑茶でもいいし』

「ちゃんと買って帰りますよ」

言いながら凜は、少年の謎掛けを真備に話して聞かせたい衝動にかられた。真備なら、この難問にどう答えてみせるだろう。

「あの、先生――ちょっと待っててくださいね」

少し迷った末、凜は送話口を掌《てのひら》で塞《ふさ》いで少年に向き直った。

「――人に相談するのは、反則？」

「その人が信用できる人なら、いいよ」

「できるわ。私なんかより、よっぽど」

許可が出たところで、凜はふたたび携帯電話を耳にあてた。少年に聞いた内容を、なるべく細かいところまで洩らさず真備に伝える。

『ははあ。警備システム――玄関先の工事――ドアを出ていった犯人――部屋にいた男の子……』

そんなふうに呟いたあと、真備は十秒ほどのあいだ黙っていたが、やがてこんなことを訊いてきた。

『その男の子は、学校から帰ったあと、部屋で昼寝をしていたなんてことはないのかい？』

その質問を凜が少年に伝え、返答を真備に戻す。

「友達は、起きてたらしいです」

『玄関脇にある部屋の、どのへんにいたの？』

同様に伝言を受け渡す。

「机に座ってたそうです。ずっと」

『机は、どっちを向いていた？』

もういちど伝言ゲームを繰り返す。

「玄関のほうを――」

少年の返答を真備に伝えながら、凜はますます自分の頭が不可解さで満たされていくのを感じていた。

しかし真備のほうは違ったようだ。ここまでのやりとりを終えると、彼は涼しい声でこう言ったのだ。

『なら、答えは一つしかないよ』

凜は一瞬絶句した。

「先生、わかったんですか？　犯人がどうやって出ていったのか」

『うん――でもこれは、僕の口から言うべきじゃないような気がする』

「だって、私、わからないんですよ。先生に教えてもらうしか――」

『本人に教えてもらえばいいじゃないか』

「本人って――」

凛はそろりと少年を振り返る。まさか真備は、この少年こそが犯人だったとでも言うのだろうか。しかしそれでは、いよいよ支離滅裂というものである。

『おいおい北見くん、変なことを考えるもんじゃないぜ』

凛の心中を読み取ったように真備が言う。

『僕は、その部屋にいた本人に教えてもらえばいいと言ったんだ』

「その部屋に？——もう、先生、ちゃんと私の話を聞いてたんですか？　ここにいるのはその本人の友達で——」

『友達がそんなに詳しいことまで知っているわけがないだろう。だいたい、赤の他人に、「僕の兄はいろんな人から怨まれていたんだよ」なんて話す叔父さんがどこにいる？』

「あ——」

そう言われてみると、たしかにそうだ。少年は父親が殺された理由を、友達の叔父さんに聞いたと言っていた。

『もっとも、実の甥《おい》にそんなことを話す叔父さんというのも、どうかしてるとは思うけどね』

真備は低い声で付け加えた。

『それに、友達の家の物置の中身まで知ってる小学校一年生なんて、そうそういるもんじゃない。よしんば何かの拍子に物置の中を見せてもらったことがあったとしても、そこに置いてある蛍光灯が使用済みかどうかまで、わからないさ。普通は、買い置きを仕舞ってあると思うんじゃないかな』

「そうか——そうですよね」

『まあ、そういうわけで、真相が知りたいのなら彼に教えてもらえばいい。ただし、訊き出そうとするのはまずいだろうね。デリケートな問題だから、気をつけたほうがいい。なるべく相手を傷つけないように』

真備の言葉は、やはり凜にはさっぱり意味がわからなかった。

『あまり遅くなっちゃいけないよ——道尾くんが寂しがる』

おい真備、という微かな声を最後に、通話は途切れた。

5

「なんか——ばれちゃったみたいだね」

少年がぽつりと言う。凜は顔を上げ、相手を見た。

「やっぱり、そうだったの？」

凜の問いに、少年は薄く笑って応えた。どこか大人びた、寂しげな笑顔だった。

彼が、話の中の「友達」だったということは——彼こそが、両親を惨殺《ざんさつ》された当人だったということだ。凜は、しばしのあいだ、言うべき言葉を見つけることができなかった。

自販機のライトが、ちかちかと明滅する。地虫の声が、どこからか聞こえた。

「で、答えはわかったの？」

「答え……」

「だから、犯人は、どうやって逃げたのか」

「玄関のドアから――それが正解だって、言ってたよね」

「そう、正解。でもそれだけじゃあ、説明不足だよ」

凜は途惑った。少年はどうして、こんなことを話そうとしているのだろう。

「ねえ、お姉ちゃん、ちょっとあっち向いて」

不意に、少年は夜空を指差す。

凜は言われたとおりにした。

「さっきのつづき、やって」

「さっきの？」

「ほら、流れ星――」

すっかり忘れていた。

「でも……」

「いいから、やって」

懇願するようなその口調に圧《お》され、凜は素直に従うことにした。少年に背を向け、空を仰ぐ。視界の右上に、さっき見つけた明るい星があった。星の少し左に眼をやり、視線を真っ直ぐに向けたまま、首を右に回す。しかしやはり今度も、星は流れてはくれなかった。

「ねえ、僕、何やってたと思う？」

背後から聞こえる、少年の声。

「——お父さんとお母さんが殺された家で、何やってたと思う？　自分の部屋で机に向かって、何やってたと思う？」

ついさっきまで、ひたすら淡々としていたその声に、いまは熱が込められているのがわかった。そしてその熱を、なんとか本人が抑えようとしていることも。少年の声を聞きながら、凜はひたすら視界の中で星を動かした。いま振り向いてしまうのが、少年に対してとても申し訳ないことのような気がした。

「ラジオを聴いてたんだ」

少年の声は震えていた。

「ずっと、ラジオを聴いてた。リビングでお父さんが死んでいるなんて知らないで。キッチンでお母さんが死んでいるなんて知らないで。どこに行っちゃったんだろう——二人とも、どこに行っちゃったんだろうって、考えながら」

必死の声音だった。必死にならなければ、抑えつけているすべての感情が爆発し、どこまでも流れていってしまうと知っている声音だった。凜の眼に、知らず涙が滲《にじ》んだ。

背後で、少年の名を呼ぶ、年老いた女性の声がした。家の中から、彼の祖母が声をかけたのだろう。凜がそちらを振り返ろうとしたそのとき、涙で揺れる彼女の視界の中を――。

「あ……」

星が流れた。

真っ直ぐに、綺麗な金色の尾を引いて、たしかに星が流れた。

「見えた――見えたよ」

思わず少年に顔を向ける。少年は、眼を閉じて、顔の前で指を組み、ぶつぶつと唇を動かしていた。

やがて眼をひらいた少年に、凜は訊《たず》ねた。

「――いまのは、何？」

「願い事。つくってくれた、流れ星に」

少年の背後で、もういちど祖母の声がする。彼を呼んでいる。

「僕、行かなきゃ。お姉ちゃん、ありがとう」

「ねえ、何をお願いしたの？」

少年はしばらく黙っていたあと、言った。

「早く、良くなりますようにって」

背を向けようとする少年に、凜は最後の質問を口にした。

「何が、良くなるように？」

少年はそのまま奥へと下がりかけたが――。

一瞬だけ足を止め、こう答えた。

「――僕の眼だよ」

忘れていた波の音が、また聞こえた。

モルグ街の奇術

＊この作品はエドガー・アラン・ポーの「モルグ街の殺人」の真相に触れている記述があります（著者注）。

1

「ゾロアスター教の呪術師《じゅじゅつし》をマギと呼ぶんだ。で、その呪術師が見せるような、神秘的な現象だから――」

「ああ、だからマジック」

納得し、私はビールのグラスを傾けた。私の右側で真備庄介《まきびしょうすけ》は、マスターに無理を言ってつくってもらった玄米茶ハイを、まるで新鮮な空気でも吸うかのように、気持ちよさそうに咽喉《のど》に流し込んでいる。

「じゃあ、けっこうマジックってのは歴史が古いんだな」

「そうみたいだよ。紀元前十七世紀くらいのエジプトの文献にも載ってる。王様の前で、奇術師がガチョウの首を切って――」

真備は自分の左手を哀れなガチョウの首になぞらえて、右の手刀で切り落とす真似をした。

「もとどおりにつないだらしい」

私たちが腰を下ろしているのは、町田市の『真備霊現象探求所』からほど近い場所にある、小さなバーのカウンターだった。雑居ビルの隙間《すきま》に隠れるようにして設《しつら》えてある階段を下りたところに、半間の間口があり、その奥に十坪ほどの細長いフロアが広がっている。客席は少なく、入り口から見て右手に延びるカウンターにスツールが十数脚並んでいるだけだった。真備の行きつけの店だけあって、なかなか洒落《しゃれ》た雰囲気だ。ただ、店がわかりにくい場所にあるためか、あまり繁盛はしていないようで、私たちのほかに客は、入り口近くで鬱然《うつぜん》とグラスを傾けている男一人きりだった。

天井のスピーカーからはジョージ・ウィンストンの繊細なピアノが流れている。

「しかし道尾《みちお》くん、何でまた手品なんかに興味を？」

「べつに興味を持ったわけじゃないさ。いま書いている小説に手品師を登場させるつもりでね、仕方なくいろいろと調べてる」

「きみは興味を持ってもいないことを書いて、人から金をもらっているのか。失礼な男だね」

鼻を鳴らす真備に、私は掌《てのひら》を振ってみせた。

「世の中、興味津々で仕事に取り組んでる人なんて、そうはいないさ。それに、僕はそれほど金をもらえる作家じゃない――あれ、つまみがなくなってきたな」

スルメでも噛みたい気分だったが、そんなものが置いてあるだろうか。マスターに確認しようと顔を上げた。しかし、さっきまでカウンターの向こう側にいたはずの彼の姿が、どこにもない。

「あの人はね、客のことなんて二の次なんだ」

真備が指差すほうに目をやると、くたびれたオーバーオールに鼻眼鏡という、店の雰囲気に最も合っていない初老のマスターは、フロアのいちばん奥で、壁の的に向かって真剣な顔つきで吹き矢を吹いていた。私はつまみの追加を諦《あきら》めて、皿に残った柿の種を一つ拾い上げ、口に放り込んだ。ほんとうは、純粋な柿の種よりも柿ピーのほうが好きなのだが、残念ながらこの店のメニューには載っていなかった。

「――あなた、道尾さんですね？」

背後からいきなり話しかけられた。

妙な抑揚《よくよう》だな、と思いつつ振り返る。

男が立っていた。日本人ではない。色の浅黒い、鼻梁《びりょう》の盛り上がった、痩せた外国人。身長は、真備よりも高いかもしれない。薄茶色の髪を、火災にでも遭ったかのように、ぼさぼさと顔の周りに垂らしていて、その隙間から覗《のぞ》く二つの眼は、気味が悪いほどの三白眼だった。

入り口近くで、先ほどから一人グラスを傾けていた男だ。

「道尾さんでしょう？」

低い声で、男はもういちど訊《き》いた。

私がうなずくと、男は長い身体《からだ》を揺するようにして、私のすぐ左側のスツールに腰を下ろす。よく見ると、ちょっと変わった服を着ている。どこかの民族衣装のような、黄土色の麻地のシャツで、右の胸に大振りなポケットがついている。袖口《そでぐち》が、やけにだらりと長く垂れていて、腕の先が見えないほどだった。

「福島県の村で、霊現象を解決した人？」

男は私の顔を覗き込む。私はすぐに、ああ勘違いをしてるな、と思った。

一昨年の冬、私と真備は、真備の助手である北見凜《きたみりん》とともに、福島県の山中で、ある奇っ怪な事件に巻き込まれた。そして、男がいま言ったように、たしかにその事件の発端となった霊現象は見事に解決されたのだが——それをやったのは真備だ。私ではない。この外国人はきっと、事件の噂をどこかで中途半端に聞き知ったのだろう。あるいは、私があの体験を綴《つづ》った本を、部分部分、拾い読みでもしたのかもしれない。

「あれは僕じゃないですよ。彼が——」

説明しようと、真備を振り返る。しかし、彼は完全にこちらを無視していた。その横顔には明らかに面倒くさそうな色が浮かんでいる。見れば、カウンターテーブルの上の、私と彼のあいだに、柿の種が縦にずらりと並べてあった。これはバリケードか。真備の意志が、善くも悪くも強固であることを知っていたので、私は仕方なく男に向き直った。

「――僕に、何か？」

「以前から、お会いしたかったのです」

酒臭い息を吐きながら、男はテーブル越しに左手を差し出す。握り返すと、風貌《ふうぼう》に似合わない、柔らかくて滑らかな手触りだった。

「どうです、私とひと勝負、してみませんか？」

「――は？」

思わず口が縦にあいた。耳の後ろで真備が「く」と笑いを堪《こら》えるのが聞こえる。

「私がこれから、あなたにマジックをお見せします。あなたは、その種を言い当てる。もしそれができなければ、あなたは私にお金を払う――どうです？」

抑揚こそおかしいが、不自然なほどに流暢《りゅうちょう》な日本語だ。ところで言葉はともかく、その内容があまりにも唐突すぎて、私は面食らった。見知らぬ、しかも見るからに怪しげな外国人にいきなりギャンブルの話など持ちかけられて、なんとしよう。

「あなた、マジシャンなんですか？」

男は鷹揚《おうよう》に顎《あご》を引いた。

「私も、私の父も、祖父も、曾祖父《そうそふ》もマジシャンです。——曾祖父はとくに有名だったので、あなたも名前くらいは聞いたことがあるでしょうね」

「マジシャンの名前なんて、あまり知りませんが……」

「曾祖父は、脱出奇術王と呼ばれた、かのハリー・フーディーニですよ」

真面目くさった顔で男は言う。私は思わず苦笑した。

「その名前なら、もちろん僕も知ってます——彼はしかし、子供をつくらなかったはずでしょう」

フーディーニは私の敬愛するコナン・ドイルと交遊があったので、以前ドイルのことを調べた際に、彼の経歴にも目を通していた。どうせ出鱈目《でたらめ》を口にするのなら、もう少し知名度の低い人物の名を挙げるべきだったろう。フーディーニとは恐れ入る。

「ええ、たしかに子供はいませんでした。妻のベスとのあいだにはね」

男は引き下がらない。

「私は、彼がステージ・アシスタントに産ませた子供の、孫ですよ。所謂《いわゆる》、隠し子です。それゆえ私の存在は、公にはされていません」

「はあ、なるほど……」

「ところで、私が、どうしてあなたにお会いしたかったか、わかりますか？」

私は首を横に振った。男は私に身を寄せるようにして、

「私は、曾祖父の遺志を継いでいるんですよ」

そう囁《ささや》いた。

「ああ――」

私はようやく合点した。男の言いたいことが、なんとなくわかったのだ。

フーディーニは、サイキック・ハンターとして有名だった。当時イギリスで流行していた心霊主義と真っ向から対立し、偽霊媒師たちによる詐欺行為を糾弾《きゅうだん》していたことは、世に広く知られている。偽霊媒師たちが見せる偽霊現象の数々をことごとく否定し、そのトリックを片っ端から暴露して回っていたのだとか。

つまり、こういうことなのだろう。――私があの福島県での体験を本にしたことは、とりもなおさず、自分は霊現象を体験したのだと公言していることにほかならない。男はそれが、要は、気に入らないのだ。彼がほんとうにフーディーニの子孫であるか否かはさておき、一人の霊現象否定論者として。

「この世に、霊現象なんてものはありません」

案の定、男は言った。

「曾祖父も、はじめはその存在を信じていましたが、見事に裏切られました。そして、心に深い傷を負うこととなりました」

「ええと、彼はたしか――」

フーディーニの経歴を調べたときのことを思い出しながら言葉を返した。

「母親の霊に、会おうとしていたんでしたっけ？」

「そう。死んだ母親にもういちど会いたいという一心で、曾祖父は、当時アメリカ国内で行われていた数々の降霊会に参加していました。彼の話を聞いた霊媒師たちはいずれも、母親の霊を呼び寄せて彼に会わせることを約束しました。しかし、その結果はどうだったか」

じろりと私の顔を覗き込み、男は話をつづける。

「――降霊会がはじまると、霊媒師たちは大真面目な様子で、母親の霊が降りてきたと言います。そして決まって、優しげな声で、彼に呼びかける――『ハリー……ハリー……』と。そのたびに、彼は、失意に咽喉を詰まらせて、一人その場を抜け出すことになりました」

そういえば、そんな逸話も何かの資料で読んだ憶《おぼ》えがある。

「『ハリー』は、芸名だったんでしたっけ？」

「そのとおり。彼の本名はエーリッヒ・ワイスです。自分の息子を芸名で呼ぶ母親が、どこにいるでしょう」

眉《まゆ》を寄せ、男は蓬髪《ほうはつ》のあいだからじっと私に視線を据える。まるで深い怨《うら》みの対象を睨《にら》まえるような表情だ。男の視線を受けながら、私は自分の頭の中に、言いがかりという言葉が木の葉のようにくるくると飛び回るのを見た。

「そんなとき、彼に声をかけたのが、当時心霊主義に傾倒していたコナン・ドイルでした。あなたの同業者の、コナン・ドイルですよ」

「いやいや、同業者だなんてそんな……」

私の謙遜は黙殺された。

「曾祖父は、信頼のおける著名人からのその誘いに狂喜した。今度こそほんとうに母に会えるかもしれない――最後の望みを託して、ドイルの主催するイギリスの降霊会に足を向けた」

以前調べた文献を、私は頭の中で復習《さら》った。たしかドイルの行っていた降霊会は、彼の妻がその身体に死者の霊を乗り移らせるというものだった。妻の中に入り込んだ霊が、膝《ひざ》に置いた小さな黒板に文字を書き、参加者たちに自らの意思を伝えるのだ。

「降霊会がはじまって間もなく、ドイルの妻の身体に何かが入り込む気配がしました。曾祖父は期待を込めて、彼女に呼びかけました。『母さん?』と。すると、彼女の手が動き、膝の上の黒板に、『ｙｅｓ』の文字を書いたのです。そして――曾祖父は叫び声を上げ、両手で顔を覆いながら、その場を飛び出しました。悔しさと怒りに耐え切れずに」

その理由は、単純なものだった。

「フーディーニの母親は、英語を知らないはずだった」

私の言葉に男はうなずいた。

「彼女はドイツ移民で、生涯英語を話せなかったのです。『ｙｅｓ』などと、彼女が書くはずもない。――愛する者を失い、切実に再会を願っている人間を騙《だま》す、そんな霊媒師たちの手口に、曾祖父はとうとう怒りを爆発させた。そして、その日を境に、曾祖父はサイキック・ハンターとしての道を選び、霊媒師たちのトリックを暴露しつづけることを決意したのです」

男が言葉を切る。

「で――あなたもまた、その遺志を継いでいるというわけですか。つまり、私が霊現象の存在を公言しているのが我慢ならないと？」

だから自分の得意分野であるマジックで勝負しようというわけか。

男は答えず、ただ私の顔を見返していたが、その三白眼の鋭さは、明らかに肯定の意を示していた。しかし、そんな態度をとられても困ってしまう。なにしろ私はただ、自分の体験をそのまま記述して本にしただけなのだから。

このまま相手をつづけるべきか否か。迷いながら、煙草を取り出して口に咥《くわ》えた。

――と、男が素早い仕草で私の口許《くちもと》に左手を突き出す。男の指先から、小さな炎がぱっと上がり、私は思わず身を引いた。

見れば、煙草の先端に火がついている。

「どうです、私の挑戦、受けますか？」

男はぐい、と私に顔を近づける。私は同じだけ、顔を遠ざけた。

「しかし、その――もし種を言い当てられなかったら、僕はいったいいくら払うんです？」

とりあえず確認してみると、男はこう答えた。

「二千六百円――くらいです」

「え」

私は啞然《あぜん》とした。

そして、思ったままのことを口にした。

「それはもしや、あなたの飲み代では……？」

男は口許を歪《ゆが》めてうなずいた。

「――お金、ないんですか？」

小声で訊くと、男はまた同じ表情でうなずく。

そして、私はすべてを理解した。この男は、タカリ――もしくは、自らの危機的状況において素直に他人の助けを求めることができない種類の人物なのだ。

「ところで、もし僕が種を言い当てることができたら、どうするつもりなんです？」

金がないのなら、こちらの飲み代を持つとは言えまい。しかし案に相違して、男は答えた。

「いくらでも、欲しいだけお金をあげます」

「どうやって？」

「私はマジシャンですよ。お金なんて、出したり消したり、簡単なものです。ただ、自分の飲み代を、マジックで出した紙幣やコインで支払うことは、しないと決めているんです。そういう主義なんです」

「ははあ、主義……」

「さあ、どうします？　ちなみに私がお見せするマジックのタイトルは――『消える百円玉』、というやつです」

言いながら、男は左手で、薄汚れたズボンのポケットから財布を取り出した。鹿革らしい、滑らかな革地の、薄茶色の財布だ。表面の盛り上がり具合と、テーブルに置かれたときの、ずん、という音からして、ずいぶんと小銭ばかりをたくさん詰め込んであるようだった。

「面白そうじゃないか、道尾くん。やってみたらどうだい？」

私の背後からそう言ったのは真備だ。しかし私は首を横に振った。

「いや、やめとく。マジックの種を言い当てるなんて、自信がない」

『消える百円玉』というのは、その安易なタイトルのとおり、きっと何か単純な仕掛けのマジックなのだろう。しかし、そういうやつほど種は看破しにくいような気がした。

「ミステリー小説なら大抵はトリックがわかるんだけどね、マジックってのは……」

言い訳がましくそう呟《つぶや》いたとき、男がいきなり私の目の前に、こんどは右腕を突き出した。長い袖《そで》に隠されて、男の腕の先は見えない。何か凶器でも持っているのではと、私は恐る恐る男の顔を振り仰ぐ。

男は、意外なことを口にした。

「それでは、ミステリーのほうで勝負しましょうか」

「どういうことです？」

「『消える百円玉』の種と、まったく同じものが使われた、ミステリーがあるんですよ。十五年ほど前に、私が実際にやってみせたトリックです。当時、母国の海辺にあった私の自宅で――」

男が右腕の袖を引いた。

「私は、これを消したんですよ」

絶句した。目の前に掲げられた男の右腕には、手首から先がなかった。それがあるべきところには、ただ肌色の断面が、カボチャの皮のようにごつごつとした凹凸を見せているだけだった。

「あの、消したって……」

返すべき言葉を探していると、真備が口をひらいた。

「――お受けしましょう」

「おい真備」

あまり関わり合わないほうがよいのではないかと、私は不安になっていた。この外国人、気がふれているのかもしれない。自分の手を消すマジシャンなどいるはずがない。

「そっちの人、なかなかいいですね」

男は薄い唇の両端を持ち上げて、トランプのジョーカーのように笑った。

「ただし、『消える百円玉』よりも少しベッが大きくなりますが――大丈夫ですか？」

「飲み代ではない、と？」

真備が腕を組み、スツールを回してこちらに身体を向ける。それでようやく私は、男がベットと言ったのだと理解した。

「あなたがたが、私のやったトリックを見破ることができれば、私はもちろんお二人に、欲しいだけのお金をあげます。しかし、もし解答を見つけられなかったときは――」

男は左手の人差し指を伸ばし、真備の胸元を真《ま》っ直《す》ぐにさした。

「あなたの右手、消してもいいですか？」

真備は眉を上げ、しばし沈黙した。

「いいでしょう。僕の右手でも、道尾くんの右手でも」

「いや、ちょっと」

「さっきあなたがお話ししていたエジプトのガチョウみたいに、もとには戻りませんが――それでも？」

「構いません」

「真備」

「目の前で霊現象を全否定されては――さすがにね」

いつになく、真備の眼に敵意が込められているのを私は感じた。彼が『霊現象探求所』などというものを構え、霊の存在を切実に望んでいるその理由を知っている私としては、彼の気持ちは痛いほどわかる。しかし、わかるからといって――。

「制限時間を設けましょう。三十分でどうです？　私がひと通りの話を終えてから、三十分間、あなたがたは、自分か、もしくは友人の右手を賭《か》けて頭をひねる」

男の出した条件を、真備は平然とした顔で「二十分で構いません」と、さらに厳しいものに勝手に変更した。それから男に身体の正面を向け、両手を大きく広げてみせる。

「さあ、いつでもどうぞ」

2

男の話というのは、こんなものだった。

十五年前、男はアメリカの西海岸、カリフォルニアの郊外に自宅を構えていた。当時、消失マジックの名手として活躍していた彼は、各州を飛び回り、毎日のようにワンマン公演をこなしていたのだという。移動時にはアシスタント数名と、弟子であるザヴィー氏を引き連れていた。

「ザヴィーは私の、ただ一人の弟子でした。そのとき、二十五歳の若さでしたが、とても大きな才能を持っていました。まだ一人でステージに立つことはありませんでしたが、私は彼を自分の後継者と決めていました。ですから私は彼に、自分のマジックのすべてを教え込んでありました。もっとも——」

手首から先のない右腕をちらりと見下ろして、男は付け加えた。

「あの事件で使ったやつ以外、ですがね」

事件が起きたのは、ある冬のことだった。

二月初めのその日、男は久方ぶりの休日を楽しむつもりだった。早朝からザヴィー氏と二人で、砂浜にほど近い場所に所有している別荘で、釣りの仕掛けづくりに余念がなかった。二人のほかに、その場にいたのは、男の愛犬のエリックだけだった。彼らは年に数回、暇を見ては、そうした休日を過ごしていたのだという。

「別荘といっても、趣味である釣りのためだけに建てた、ほんの小さな小屋です。丸太を組み上げたもので、釘《くぎ》は一切使っていません。壁も屋根も床も、すべてチーク材を組み合わせてつくられています。広さは、そう——日本の家で言えば、十畳ほどでしょうか。室内には私たちの釣り道具と冷蔵庫、テーブルセットにガスコンロと衣装箱くらいしか置いてありませんでした」

その小屋は、海岸沿いに延びる未舗装の小道に面していた。波打ち際《ぎわ》からは、およそ五十メートルほど。とはいえ、彼らがやるのは海釣りではなく、川が海に流れ込む汽水域での釣りだった。

「小屋から、釣り場である河口は、すぐ近くです。小屋を出て、小道を左手に少し進むと、樹林に囲まれた河口に着きます。そこは、いわゆる穴場で、私たちはいつもその場所で釣りを楽しんでいました。——さて、それでは」

男は左の掌でテーブルを叩《たた》いた。店の奥で、鼻眼鏡のマスターがちらりとこちらに目を向けた。

「ここからが、私のマジックです。私はこの日、ある理由から、自分の右手を消しました。そうしなければならなかったのです。私がいかにしてそれをやったのか——私の話をよく聞いて、お二人に考えていただきます。ご自分の右手を賭けてね。ただし、ここからは、私は観客の目撃談のみを語ります。観客というのは、私の小屋の近くで農作業をしていたアル老人、彼の妻であるドナ夫人、事件の捜査に関わった警察、私の右腕の傷痕を処置した医者、そして、ザヴィーが事件後に立ち寄ったバーのマスター――以上です」

「なるほど」

真備が腕を組み直してうなずいた。

「観客あってのマジック、というわけですね」

「そういうことです。私が実際に何をどうしたのか、それをお話ししてしまっては、マジックでも何でもない。アル老人、ドナ夫人、警察、医者、マスター――彼らの目撃談を洩《も》れなく聞き知ることで、あなたがたもまた、私のマジックの観客となります。客席に座り、ステージの上で何が行われていたのかを、推理していただきます」

「いいでしょう」

真備はゆっくりと顎を引いた。

二人の長身の男に挟まれて、私は実際以上に小さくなった気がした。

「まずは、アル老人の目撃談です」

男は話をつづける。

「彼は自分の所有する小さな農園の端で、午前十時からオレンジの枝を剪定《せんてい》していました。彼の農園は、小道を挟んで、私の小屋のすぐ向かい側にあります。つまり彼は、私の小屋に出入りするものを、常にその眼で見ていたわけです。――さて、時刻は十二時十分。私が釣り竿《ざお》を担ぎ、愛犬のエリックを連れて樹林地から出てきたとき、彼は私に声をかけました」

――どうでした、釣果《ちょうか》のほどは？

脚立《きゃたつ》の上で剪定鋏《ばさみ》を動かしながらアル老人は訊《たず》ねた。

――まあ、悪くないですね。

――今日は、ザヴィーさんはいっしょじゃないんで？

――いっしょですよ。一人でまだやってます。

男は小道に歩を進めながら、ポケットから鍵を取り出した。小屋に行き着くとドアをあけ、エリックとともに中へ入っていった。

「その、ほんの二分ほど後のことです。アル老人は、ひと休みしようと、作業の手を止め、脚立を下りました。煙草を咥《くわ》え、火をつけようとします。しかし、折悪《おりあ》しく吹いてきた海風のせいで、マッチが上手《うま》く着火してくれません。そこでアル老人は、剪定していたオレンジの木に隠れるようにして、マッチを擦りました。何本かのマッチを無駄にしたあと、ようやくアル老人の煙草に火がつきました。彼は顔を上げます。そのとき彼は、ザヴィーを目撃したのです。彼が見たのは、肩に釣り竿とクーラーボックスを担いで、ちょうど小屋のドアを入ろうとするザヴィーの姿でした」

ザヴィー氏はアル老人がオレンジの木の後ろに立っていることに、気づいていない様子だったという。アル老人は声をかけようとしたが、ザヴィー氏はそのままドアの中へと姿を消してしまった。アル老人は首をひねる。しかしそれきり、何かが割れるような物音が聞こえた。何だろうと、アル老人は首をひねる。しかしそれきり、またあたりは静かになった。

「アル老人がふたたびザヴィーの姿を見たのは、それから十五分ほど経《た》ったときでした」

「十二時半前ですね？」

真備が確認する。

「そう。その時間に、ザヴィーが一人で小屋を出てきました」

小屋のドアを出たザヴィー氏は、小道を、樹林とは反対の方向に歩いていった。その後ろ姿を、アル老人はなんとなく見送っていた。

「アル老人の目撃談は、ここから三時間ほど飛びます。そのあいだ彼は、何も変わったものは見ませんでした」

「三時間後に、アル老人は何を見たと？」

真備が訊く。

「小屋のドアをあけて、私が手招きをするのを見ました」

男は意味ありげに口許を歪めて答えた。

「アル老人は私に呼ばれ、脚立を下りて小屋へと向かいます。そして、ドア口に立った私をひと目見て、驚きの叫び声を上げたのです」

——あんた、手が！

そのとき、男の右の手首から先は、ウィンドブレーカーの袖とともに、消えていたのだという。まるで千切り取られたような、ピンク色の真新しい傷口からは、どくどくと大量の血が流れ落ちていた。ところが男は、平然とした口振りでアル老人に言った。

——マジックで、消してしまったんですよ。

その顔に笑みが浮かんでいるのを見て、アル老人は、彼の気が狂ったのかと思った。

——ほんとうは、ほんの爪の先だけ消すつもりだったんですがね。失敗してしまいました。

男はアル老人に、救急車の手配を頼んだ。アル老人はすぐさま大声で彼の妻、ドナ夫人を呼んだ。

「ドナ夫人は、農園の奥のほうで作業をしていました。彼女は私たちのもとへ駆けつけると、アル老人同様、やはり叫び声を上げました。そして、慌てて救急車を呼びに自宅へと走ったのです」

アル老人はその場に残り、男の右腕に応急処置を施そうとした。しかし、医学の知識などなかったので、持っていたタオルで傷口を縛り、止血することくらいしかできなかった。

「救急車は、間もなくやってきました。そして、そのすぐあとに、パトカーも駆けつけました。ドナ夫人が呼んでいたのです。――私の腕を見たとき、彼女は何かの事件が起きたのだと考えたようですね」

救急隊員は男に、手首から先はどこにあるのかと訊いた。さらに警察が、いったい誰にやられたのかと男を問い質《ただ》した。男は、自分がマジックで右手を消したのだと言い張った。小屋の中でテーブルに向かい、新しいマジックを一人で練習していたところ、ミスをしてしまったのだと。しかし警察はその言葉を信じず、すぐに傷害事件として捜査がはじまった。

アル老人の証言から、当然、真っ先に疑われたのはザヴィー氏だった。彼は近くのバーで酒を飲んでいるところを捕らえられた。しかし彼は、警察官の口から男の怪我《けが》のことを聞くと、目を丸くして驚いたという。

――先生の腕が？　いったいどうして？

「ザヴィーが酒を飲んでいたバーというのは、私の小屋のすぐ近くです。アル老人は、彼がその店に入っていくまで、彼の後ろ姿を見送っていました」

　ザヴィー氏はすぐさまバーから警察署へと連行され、厳重な取調べを受けることとなった。しかし、その最中も彼はやはり、何も知らないの一点張りだった。所持品にも、とくに怪しい物はなかったらしい。財布と、小振りのナイフ。そのナイフには、血の痕《こん》跡《せき》は見られなかった。

「そうしているあいだに、私の搬送された病院から、警察に情報提供がありました。それは、私の右腕の傷口は新しく、おそらくは救急車に乗せられる直前に生じた可能性が高いというものでした」

　そして、ザヴィー氏は釈放されたのだという。なにしろ彼は、救急車が駆けつける三時間も前に、小屋を立ち去っているのだ。しかも傷を負った本人も、それを自分でやったと主張している。

「その後、警察は私の小屋の中を徹底的に調べました。マジックで右手を消したという私の言葉を、どうしても彼らは信じようとしなかったのです。しかし、小屋の中からは、何も出てはきませんでした。私の右手はもちろん、それを千切り取るような強い力を持ったもの――たとえば万力だとか、大きなペンチだとか――そういったものも、まったく見つかりませんでした。当然です。私の右手は、私が消したのですからね」

　男は言葉を切り、左腕に巻いた腕時計にちらりと目をやった。

「――ここまでで、何かご質問は？」

「小屋の中の様子を、もう少し細かく教えてもらいましょう」

真備が上体を乗り出す。

「警察が調べたとき、小屋の中には具体的に、どんなものがありましたか？」

「小屋の真ん中に、小さなテーブルが一つに椅子が二脚、ほかには、フリーザー付きの冷蔵庫が一台あるきりでした。床には雑然と、私たちの釣り道具、ガスコンロ、衣装箱が置かれていて、衣装箱の中には、私たちのシャツやズボンが詰め込まれていました。それから――そう、テーブルの上にスコッチ・ウィスキーの瓶《びん》が一本。テーブルの脇に、割れたグラス。床にはウィスキーが少し、こぼれていましたね」

「釣り道具というのは、具体的に言うと？」

「竿、テグス、針、錘《おもり》、小さな鋏、サシの入った透明のプラケース、十リットルのクーラーボックス、刃渡り三十センチの鉈《なた》――以上です」

「ははあ、釣り道具に、鉈ですか」

真備が訝《いぶか》しげに唇を曲げる。男はうなずいた。

「釣り針が木の枝に引っかかったときに、役に立つんですよ」

「その鉈からは、もちろん血痕《けっこん》は――？」

「見つかりませんでした。鋏からも同様です」

「室内の血痕はどうです？」

「テーブルの上に、大量の血痕があり、そこからこぼれ落ちた血が、床に血溜《ちだ》まりをつくっていました。ドアのすぐ内側にも血溜まりがあり――二つの血溜まりは、拳《こぶし》大の血痕でつながっていました。小屋で見つかった血痕といえば、それがすべてです。ついでに言えば、血のついたタオルなども、室内に一切ありませんでしたよ」

「救急車やパトカーが駆けつけたとき、テーブルや床の血は乾いていましたか？」

「いえ、まったく乾いていませんでした。私の傷口同様、真新しいものでしたね」

「下のほうまで、ちゃんと真新しかった？」

「もちろんです」

「クーラーボックスの中には何が？」

「その日に釣り上げた、小振りのチョウザメが十匹ほど。それから、サーモンが二、三匹です。底から三分の一くらいまで氷が入っていて、同じ高さまで水が張られていました。そのやり方が、いちばん魚の鮮度を保てるのです」

「水の中に、血が混じっていたというようなことは？」

「ありません」

「なるほど……」

真備はここで、いったん質問をやめた。かわって私が訊く。

「あの、これはトリックとは関係ないのかもしれませんが、気になるもんで。——けっきょく、どう決着したんです？　その、表面的には？」

「私が一人でテーブルに向かい、マジックの練習をしていたときに起きた、不慮の事故ということになりました。消えた右手の行方については、私は『商売上の秘密』として、決して教えませんでした。最後には警察も諦めて、私の説明するままに調書を書き上げましたよ」

　男が自分の腕時計をふたたび覗き込む。

「さて、いまは十時四十分ですが」

　私たちの顔を交互に見やって、彼は言った。

「そろそろスタートしても、よろしいですか？」

　ちょっと待ってくれと私が口をひらく前に、真備が「どうぞ」と気軽に告げた。

「それでは、はじめましょう。私はどうやって右手を消したのか。——タイムリミットは十一時十分です」

「十一時ですよ」

　真備がわざわざ訂正した。

3

私と真備は同時に腕を組み、スツールに深く腰をあずけた。

会話がやむと、急に店の中がしんと静まったように思われた。聞こえるものといえば、天井のスピーカーから流れるもの哀しいピアノ、そしてそれに混じってときおり響く、とん、という微《かす》かな音だけだった。後者の正体は、マスターの吹き矢が的に刺さる音だ。

ところで、私の頭の中には、すでに幾通りかの解答ができ上がっていた。ここまでの話の内容からすると、じつは大して難しい問題ではないのではないかというのが、私の正直な感想だった。痕跡を残さずに小屋から人体の一部を消す方法など、少し考えればいくらでも思いつく。もっとも、何故彼がそんなことをしたのかはわからないが。

たとえば、いちばん簡単な方法はこうだ。

「鉈で自分の右手を切り落とす。窓から海に向かって、その右手を放り投げる。鉈についた血は、水道で洗う——というのは？」

男はすぐさま首を横に振った。

「海側に窓はありません。小屋の窓は、アル老人が作業をしていた方向——つまり小道に面した壁に、一つあるきりです。しかもその窓は、カーテンさえいちどもあけられなかったと、アル老人は証言しています」

「窓は、なしか。では、水道のほうは？」

「ありますよ。小屋の外にね」

「外？　そうか……でも、トイレくらいは小屋の中に」

「いいえ、トイレもありません。寝泊まりするような場所ではないですし、不在の期間が長いと虫が涌《わ》きますからね。用を足すときは、大自然の中か、あるいはアル老人宅のトイレを借りるかです」

要するに、私の考えた方法はまったくもって不可能ということだ。

ちらりと腕時計を覗く。もうすでに五分が経過している。

真備は私の隣で腕を組んだまま、ただぼんやりと天井を見上げているだけだった。その様子が、まるでこの問題に対する興味を失ってしまったかのようだったので、私は少々不安になった。

「右手の切断方法は、まあ置いておくとして」

わざと真備に聞かせるように言う。

「問題は、右手がどうやって小屋を出ていったか、だ」

ふたたび考える。アル老人が終始小屋を見ていたというのだから、右手がそこを出ていくタイミングは、どうしても一つしか思いつかない。すなわち、ザヴィー氏がドアをあけて立ち去ったときだ。

「ザヴィー氏は、小屋を出たとき、ほんとうに何も持っていなかったんですか？」

私は男に確認した。

「先ほど申し上げたように、バーで身柄を拘束されたときの彼の持ち物といえば、財布と、小さなナイフだけでした。ナイフに血痕はありません」

「小屋からバーまでの小道周辺は、捜索されましたか？」

「もちろん。もっとも、ザヴィーが小屋を出てからバーの入り口をくぐるまで、アル老人がその後ろ姿を目で追っていましたので、捜索の必要などありませんでしたがね」

それもそうだ。ザヴィー氏が道の途中で何かを捨てるような仕草を見せていたら、アル老人が警察に話していただろう。

「バーの中で、ザヴィー氏が何か怪しい行動をとったようなことは？　たとえば——そう、トイレに長い時間籠《こ》もっていたとか？」

「彼はバーに入るなり、いまの私たちと同じように、カウンターに座り、警察がやってくるまでずっとそこを動きませんでした。バーのマスターが、ちょうど彼の正面に立って仕事をしていたので、これは確かです」

言ってから、男は不敵に口許を歪めてみせる。

「どうも、忘れているようですね。私の右腕の傷口も、床やテーブルの血痕も、真新しかったんですよ。そして、ザヴィーが出ていった三時間後に見つかっているのです」

「そうか……」

ふたたび沈黙がおとずれた。腕時計の針は、十時五十分に近づこうとしていた。早くも制限時間の半分近くを使ってしまったことになる。

そのとき、私の頭に天啓のように浮かび上がった、一つの単語があった。

それは、ポーが書いたあの傑作短編のタイトルだった。

「モルグ街……」

思わず呟いていた。そのとき男が、蓬髪の奥の眼を一瞬細めたように見えた。私は相手の反応を窺《うかが》うつもりで、言葉をつづける。

「あの小説に出てくる殺人事件では、何故、犯人がなかなか捕まらなかったのか。それは、警察が犯人を人間だと思い込んでいたからですよね……」

男が、ほう、というように唇をすぼめ、上体を僅《わず》かに引いた。その仕草が、私の言葉が真相に近づくキーであるからなのか、それとも単に、的外れの発言を面白がっているだけなのか、判断することはできなかった。

私は考える。犯人が人間ではないとすると——。

「そうか！」

声を上げ、ぴしゃりと膝を打った。自分の思いつきに、ぞくぞくと戦慄《せんりつ》が背筋《せすじ》を駆け上った。

「エリックだ。犯人は、あなたの愛犬のエリックだ！」

男が「犯人？」と怪訝《けげん》な顔をする。

私は勢い込んで自説を披露した。

「そうです。あなたの右腕の手首から先は、エリックが胃袋に入れたんです。食べたんですよ」

すると男は、いきなり高い声で笑い出した。心底、おかしそうな様子だった。

「いや、申し訳ありません――いえいえ、あなたの推理を笑ったことでなく――エリックがどんな犬なのか、私は説明していませんでしたね」

ひとしきり肩をひくつかせてから、男は大きく息をつく。

「エリックは、ミニチュア・ダックスです。こんなに小さな犬なのですよ」

そう言って男が示した大きさは、ほんのティッシュ箱ほどだった。

「それにだいいち、たとえエリックがマスチフやセント・バーナードだったとしても、まさか人間の手を骨まで呑み込むようなことはしますまい」

そう言って、男はもういちどくつくつと肩を揺らす。

「でも、鉈で骨を小さく刻めば、なんとか……」

もはや意味のない抵抗を私は試みたが、それも相手に一蹴《いっしゅう》された。

「骨にも血はかよっていますからね、切ったり砕いたりすれば、出血します。——さっきも言いましたが、鉈に血痕はありませんでした。血を拭った跡のあるタオルなども、見つかっていません。洗い流すための水道も、小屋の中にはありませんでした」

「はあ、なるほど……」

私はがっかりした。

しかし、じつはもう一つ、私は別の仮説を立てていた。

『犯人が人間ではない』というアイデアから——釣りの餌《えさ》に使うサシ、すなわちウジムシに右手を食べさせたのではないかというものだ。

が、その説を口にする前に私は、それはありえないと自ら思い直した。人間の右手を食べきるのに、いったいどれほどのウジムシが、どれほどの日数を要するというのだろう。

「そもそも、『犯人』などという言葉を持ち出すところを見ると、あなたはどうやら考える方向を間違っているようですね」

男が泰然とした口振りで言った。

「私ははじめから言ってるじゃないですか。私の右手を消したのは、私自身なのですよ」

「んんん……」

すっかり意気を削《そ》がれ、救いを求める格好で真備を振り返る。しかし真備は相変わらず、腕組みをして、ぼんやりと天井に視線を据えているだけだった。何を考えているものか、その横顔からは読み取れない。ただ、彼の唇から、

「百円玉が消える、か……」

と、なんだか意味の摑《つか》めない呟きが洩れたところを見ると、まったく問題に取り組んでいないというわけではないようだ。

時刻は十時五十三分。残り七分。

自分の頭に浮かんだ「モルグ街」という単語を、私は忘れ去ることができなかった。どうしても、そこにヒントが隠されているような気がしてならないのだ。これは世にいう直感というものだろうか。

あの小説では、殺人犯の正体は人間ではなく、大猿だった。だから捜査は難航して――。

「ん？」

ちょっと待て。

「右手を消したのが大猿だったのではなく、右手自体が大猿だったとしたら……」

「と、いいますと？」

男が私の顔を覗き込んだ。

「つまり、こういうことです。小屋から右手が消えたという謎を考えるから、わからない。小屋から消えたのが、右手じゃないとすれば——つまり、右手が何か別のものに形を変えて、小屋を出ていったとすれば……」

「たとえばそれは、どんなものです？」

「それは、だから……」

私は言葉に詰まった。そして、この説は先ほどのものと何ら変わりはないのだということに気がついた。人間の手を何かほかのものに加工しようとすれば、どんな道具を使っても、必ずそれに血痕が残ってしまう。しかし小屋には、テーブルと床以外に血の痕跡は見つからなかった。それにそもそも、アル老人は小屋からは何も出ていっていないと言っているのだ。

十時五十四分。残り六分。

「お手数ですが」

男が左の掌を差し出した。

「——お二人とも、右手をテーブルの上に出していただけますか？」

私たちは言われたとおりにした。真備が右腕をテーブルに置き、その隣に私が同様に右腕を並べる。すると男は、胸のポケットから一枚の赤いハンカチを取り出して、私たちの腕にぱさりとかけた。

「タイムリミットがきたら、私はほんとうに消してしまうつもりですが——構いませんね？」

「え……」

構わないわけがない。

しかし真備は平然とした口調で「どうぞ」と答えた。

「約束ですからね」

男は唇の両端を持ち上げて、あのジョーカーのような笑いを浮かべると、右腕を伸ばしてハンカチの上に乗せた。グロテスクな傷口を覗かせた男の右腕が、並んだ私たちの腕を上から押さえつけるようなかたちになった。男の体温がハンカチ越しにはっきりと感じられる。本気なのか冗談なのか、まったくわからない。私たちの右手がほんとうに消されてしまうとは、まさか思わないが、もしかしたらこの男、タイムリミットと同時にいきなり袖口から鉈でも取り出して、ハンカチの上に振り下ろすつもりではあるまいか。

腕時計を見る。あと五分。

「ヒントを、お見せしましょうか？」

「ヒント……？」

私は男の言葉を繰り返した。男は先ほどテーブルの上に置いた自分の鹿革の財布を、指先でとんとんと叩きながら言う。

「例のマジック――『消える百円玉』ですよ。同じトリックを使って、私は右手を消したと言ったでしょう？」

なるほど。目の前でその百円玉のマジックを見てみれば、それがそのままヒントになるというわけか。いっぽうのトリックがわかれば、もういっぽうもわかるはずだから。

「お願いします」

私はぺこりと頭を下げた。男はもったいぶった仕草で、テーブルから財布を取り上げた。

「――必要ありませんよ」

真備が声を上げたのはそのときだった。

私と男は、同時に真備の顔に注目した。

「しかし真備、せっかく――」

「『消える百円玉』の種は、もうわかってる」

真備はそう言って私に笑いかけると、こんな言葉を付け加えた。

「もっとも、それが種なんて呼ぶほどのたいそうな代物かどうかは、甚だ疑問だけどね」

「ほう……」

男が唇をすぼめる。

「あなたには、トリックがわかったと?」

真備は軽く瞬《まばた》きをしてうなずいた。

「しかしそれを説明する前に、一つだけ確認させてもらいます。——警察が小屋を調査したとき、床の真ん中に置かれたテーブルの脇にはウィスキーがこぼれていた。そしてまた、血溜まりもそこにあった。二つの液体は、混ざり合っていましたか?」

「いいえ。ウィスキーと血が混ざっていた部分はありません」

「そうですか」

真備の横顔は満足そうだった。

「ウィスキーで凶器の血を洗い流した可能性はなし、と」

彼は、ついと左手をテーブルに伸ばした。そして——何をするかと思えば、そこに並べてあった柿の種を拾い集め、掌に握り込んだ。数十分前に、彼自身がバリケードとして置いたやつだ。

柿の種の入った拳を、男に向かって掲げてみせると、真備はふたたび口をひらく。

「あなたはザヴィー氏を庇《かば》っていた——これは、間違いありませんね?」

そのことには、私も薄々気づいてはいた。話の展開からして、男がほんとうにマジックで右手を消したのではないかぎり、彼がザヴィー氏に受けた右手の切断という傷害を隠匿《いんとく》しようとしたと考えることができるからだ。

「イエスです。私はマジシャンとしての才能に溢《あふ》れていたザヴィーを、あんなことで潰《つぶ》してしまいたくはなかった。だからこそ私は、自分の右手を消したのです。ザヴィーが切り落とした、この右手をね」

「ザヴィー氏は、あなたに何らかの怨みを持っていたのですね？」

真備が重ねて訊く。

「そのとおり。といっても、あれ以来彼とは別れ別れになってしまったので、具体的にその怨みの原因が何だったのかは、いまだにわかりませんがね。あまりに、思い当たることが多すぎるんですよ。マジックに関しての、彼への指導の厳しさ、彼を普段から小間使いのように扱っていたこと、それから、そう、彼の恋人を寝取ったこともありましたので」

真備は鼻を鳴らし、「それは気の毒に」と呟いた。

「では僕の考えをお話しします」

顔を上げ、真備は言った。

4

「その日、ザヴィー氏は積年の怨みを晴らすため、あなたの殺害を計画していた。計画といっても、それほど周到なものじゃない。二人きりになったときに殺してやろう――まあ、そんな程度だったと思います」

男は興味深げな様子で真備の顔を見つめていた。

「凶器は？」

「鉈です」

「でも真備、鉈に血痕は――」

私が口を挟もうとするのを、真備は左手で制した。

「彼は鉈を振り上げて、あなたに襲いかかった。あなたは攻撃を防ごうとして、とっさに右手を上げた。そのとき、鉈の刃はあなたの右の手首から先をすっぱりと切り落とした」

男はスツールの上で、泰然と上体をそらせた。

「で、その切り落とされた右手は、どこへ？」

「右手は――おそらく、その場に残されたままだったのでしょうね。あとで、あなたが拾いに行ったかどうかはわかりませんが」

真備はそう言うと、先ほど柿の種を握った左の拳を顔の前に掲げてみせた。

「ところで、僕もこれから、一つマジックを披露してみたいと思います。あなたが例の小屋でやったのと同じものです。タイトルは――『消えるピーナッツ』」

意味がさっぱりわからない。私の頭は混乱するばかりだった。

と――。

眉をひそめる私の目の前で、真備が奇妙な行動をとった。左の拳に力を込め、ぶるぶると小刻みに震わせはじめたかと思えば、唐突に「むん！」と変な声を上げたのだ。

「さあ、どうだ！」

真備が左手をひらき、その中身を私たちに見せる。しかしそこにあるのは、当たり前だが、やはり柿の種なのであった。

「マジック成功――どうです？」

真備が男に視線を向ける。男は無言でその視線を受ける。

「見事に消えたでしょう。柿ピーの中から、ピーナッツだけが」

「真備、いったい何なんだ？」

耐え切れずに私は訊いた。真備は「わからないかい？」と私に向き直る。

「僕の掌の中に、ピーナッツなんてはじめからなかった。小屋の中に彼の右手がなかったようにね」

「なかった……え？」

真備は柿の種を一つ口に放り込むと、テーブルの上に置かれた男の財布を顎で示した。

「あの中にも、きっと百円玉は一枚も入っていない。彼はおそらく、僕がいまやったように、『この財布の中から百円玉を消してみせましょう』とか何とか言って、財布をひらいて中身を見せるつもりだったんだろう。『さあどうです、百円玉が消えたでしょう？』ってわけさ。笑い話のようだが、それが、『消える百円玉』という彼のマジックだ。いや、マジックというよりも、それ自体がマジックの種だったというべきなのかな」

真備はにやりと笑う。

「彼ははじめ、『消える百円玉』で僕たちに勝負を仕掛けようとするふりをしたけど、それもじつは種のうちだったんだよ。彼が話してくれた、『小屋からの右手消失』というマジックのね」

「どういうことだい？」

「つまり、こうさ――『消える百円玉』と同じトリックで自分は右手を消したんだと前もって説明しておけば、それを聞いた相手は、大抵こう考える――何らかの物理トリックで右手は消えたのだろうとね」

そう、私はまさにそう考えていた。

「しかし、実際は違った。右手を消すとき、彼は物理トリックなんてまったく使わなかった。――そうでしょう？」

男はやはり、無言のままだった。

「事件に話を戻そう。――ザヴィー氏の振り下ろした鉈は、彼の右手を切断した。右手は地面に落ちた。そしてザヴィー氏の手からは、鉈が抜け飛んでしまった。鉈は宙を舞い、水の中へと落ち込んだ」

「――水の中？」

「そう。現場は、彼らが釣りをしていた、樹林に囲まれた河口だったのさ」

小屋ではなかったのか。

真備は、こんどは男に顔を向けて説明をつづける。

「ザヴィー氏は慌てて鉈を拾おうとした。ところが、なかなか拾い上げることができない。二月といえば、カリフォルニアでは雨季にあたりますからね。きっと川は増水していたことでしょう。このとき、鉈についた血痕は綺麗《きれい》に流れ落ちた。――さて、その間にあなたは逃走しようとします。しかし、ふと考えた。ザヴィー氏を拘置所に送りたくない。マジックの才能に溢れている彼を、ここで潰してしまいたくはない、と」

男の表情は相変わらず動かない。

「そこであなたは、自分の右手はマジックの失敗で消失してしまったなどというストーリーを、とっさにひねり出したわけです。もちろん、その場でザヴィー氏を説得してもよかった。しかし相手は興奮状態だ。自分の話など聞いてくれはしないだろうと、あなたは判断した。――あなたは自分の釣り竿を拾い上げると、マジシャンならではの素早さで、切られた腕の上部にテグスを巻きつけ止血をした。水量の多い場所での釣りなので、おそらくは太さのある頑丈なテグスだったのでしょう。そして、あなたはそのまま釣り竿を担ぐ格好で、樹林地を抜けて小屋へと急いだ。ところが、樹林地を出たその場所では、アル老人がオレンジの枝の剪定をしていた。そこで、あなたはマジシャンの得意技の一つを使った」

「私たちの得意技とは？」

「ポーカーフェイスです」

　半分笑いながら真備は言った。

「あなたは、切断され、止血を施してある右腕で釣り竿を支え、その出血部分がアル老人から見えないように注意しながら、何食わぬ顔で小道を進んだ。アル老人の呼びかけにも、気楽そうに応じてみせた。アル老人から見て、右から左へ向かって歩いたわけですから、右腕を隠すのはそれほど難しいことではなかったでしょう。小屋に行き着くと、あなたは左手で鍵をあけ、ドアを入った。椅子に座り込み、痛みを紛らわすためにウィスキーを煽《あお》った。右腕にはテグスを巻いたままです。——いっぽうのザヴィー氏は、川の中から鉈を拾い上げたあと、あなたを追った。ただし、まさか鉈を振りかざして追いかけるわけにもいかないので、鉈はクーラーボックスに隠すことにした。そのとき彼が自分の釣り竿もいっしょに持ち去ったのは、自分がその場を離れた隙《すき》に、誰かが血痕や、それこそ切り落とされた右手を見つけてしまうことを心配したのでしょうね。そこに自分の釣り竿が残されていたら、いっぽうで疑われてしまうと考えたのでしょう。——釣り竿とクーラーボックスを担ぎ、ザヴィー氏は小屋へと向かいます。樹林地を抜けたとき、彼はアル老人の存在には気づきませんでした。海風をよけて煙草に火をつけるため、アル老人はオレンジの木の後ろに回っていましたからね」

「——で、ザヴィーは小屋に入る、と」

「小屋に入るなり、彼はクーラーボックスから鉈を取り出して、ふたたびあなたに襲いかかります。このとき、テーブルの上のウィスキーのグラスが床に落ちて割れます。その音を、小屋の外にいるアル老人が耳にしました。——さて、あなたは彼を説得します。このとき、彼を納得させるのは比較的簡単だったでしょう。小屋の外にアル老人がいるのだと言えばいいのですから。ここでお前が自分を殺してしまったら、言い逃れができないぞ、と。——そして、あなたは自分の考えたストーリーを彼に話して聞かせた。彼はあなたの言うことを理解した。あなたの指示どおりに行動することを約束した。つまり——すぐに小屋を出て、近くの酒場に向かい、警察がやってくるまでそこを動かない、と」

「真備——しかし、傷口の件は？」

男の腕の傷は、三時間後にアル老人やドナ夫人、救急隊や警察が見たとき、真新しかったのだ。

「三時間後、彼は切られた右腕に、新しい傷口をつくったんだよ」

「でも、鉈にも、ほかのどんなものにも、血痕はなかったんだぞ？」

「きみはさっき、自分でそのトリックを見破ったじゃないか。『モルグ街』だって言ったろう」

「『モルグ街』——すると、やっぱり？」

「そう、エリックだよ。彼は自分の右腕の先を、エリックに食べさせたんだ」

私はごくりと唾《つば》を呑む。私の説が、半分正解だったことは悪い気分ではないが、しかしなんて気味の悪い——。

「彼の愛犬のエリックは、ミニチュア・ダックスフント——要するにダックスフントの、サイズの小さいやつだ。ダックスフントはもともと、穴熊、ドイツ語でダックスの狩猟に利用されていた犬だから、愛らしい外見をしていながらも、じつはけっこう野性味に溢れている。腹が減っているときには、わりと何でも食べてしまうんだよ。草でも、虫でも、生肉でもね。その日は朝から釣りに出かけていたのだから、午後の三時半ともなれば、エリックは相当に空腹だったはずだ。彼の肉を喜んで食べたに違いない。口の周りについた血は、自分で綺麗に舐《な》め取ったのだろうね」

その場面を想像し、私はぞっとした。

「彼が三時間ものあいだ、小屋の中でじっとしていたのには、二つの理由があった。一つは、エリックの腹が十分に減るのを待っていた。もう一つは、誰かに真新しい傷口を見せたとき、それがザヴィー氏の出ていった時刻と離れていればいるほど、ザヴィー氏の犯行説は否定されることになると考えたからだ。彼はおそらく、自分の意識がしっかりしているかぎりは、そうして時間をかせごうと思ったのだろう。そしてその限界が、三時間だった」

真備は男に視線を戻す。

「あなたはエリックに腕の切り口を食べさせ、新しい傷口をつくったあと、止血のため腕に巻いていたテグスを外した。傷口からは、ふたたび激しい出血がはじまり、テーブルの上に流れ落ちた。――あとは、小屋のドアをあけ、そばにいたアル老人を呼ぶだけです」

真備は説明を終えた。

男は、真備の顔に、あの不気味な三白眼の視線をじっと注いでいた。

私は自分の腕時計を覗く。きっかり十一時――いや。

その十秒前だった。

5

「僕たちの右手は、どうします？」

真備が口をひらく。

男は肩をすくめ、唇を曲げた。

「ま、いいでしょう」

テーブルの上に置いた私たちの右腕から、男の手によってハンカチが取り去られた。

そのハンカチを胸のポケットに仕舞いながら男は訊ねる。

「あなたは、はじめからいまの推理を？」

真備は首を横に振った。

「制限時間ぎりぎりでしたよ。僕は、あなたがマジシャンだということを忘れていたんです。それを思い出したとき、ようやく仕掛けがわかりました」

「どういう意味です？」

「マジシャンが、『ここで何々が起きます』と口にしたとき、大抵は、もうすでに仕掛けが完了しているものです。その仕掛けを誤魔化《ごまか》すために、わざわざそういったことを言って、観客の注目を、時間的にそれ以前から以後へと移動させる。——そこで僕は考えたわけです。『小屋で右手が消えた』というあなたの口振りは、ほんとうはそれ以前に右手は消えていたのだということを隠すための手段だったのではないかと」

「なるほど」

男はそう言って、薄い唇のあいだから溜息《ためいき》のようにも聞こえる息を吐いた。

「では、お約束どおり、欲しいだけのお金を差し上げましょう」

男の言葉に、真備は解放されたばかりの右手を振って「けっこうですよ」と答えた。

「どうせ使えませんから」

「何故です？」

「僕も、マジックで出したお金は使わない主義なんです」

少しくらいもらってもいいじゃないかと私は思ったが、トリックの解明にほとんど役に立てなかった負い目から、仕方なく黙っていた。

——そのとき。

店内にいきなり『オリーブの首飾り』が流れ出した。マジックといえばこれ、という例の曲だ。見れば、さっきまで店の奥で吹き矢を吹いていたマスターが、いつのまにか入り口近くのオーディオセットの前に移動している。ボリュームのつまみを調整しながら彼はこちらを振り向いて、鼻眼鏡の奥で、に、と笑った。

店内に流れるムードたっぷりの曲が終わるのを機《しお》に、男は席を立った。

「また、お会いできるといいですね」

「あなたの飲み代は、僕に出させてください」

男を振り向き、真備が言う。

「楽しませてもらったお礼として」

真備は自分の財布から千円札を三枚抜いて、男に差し出した。男は苦笑しながらも、大事そうに左手でそれを受け取った。

「では私からも、一つ差し上げましょう。あなたの、感心すべき推理を聞かせてもらったお礼として、最後にマジックを披露させてもらいます」

そう言って男は、例の鹿革の財布をテーブルから取ると、頭の上に高々と持ち上げた。

「さあ、やりますよ。いいですか?」

私たちはそれぞれにうなずいて、彼に注目した。

「——消える百円玉!」

ぱあん、と大きな音をさせて、男はいきなり財布をテーブルに叩きつけた。それは、種も仕掛けも馬鹿馬鹿しいそのマジックには、いささか大げさすぎるアクションだった。

男は財布に全体重を乗せるように、左手で強く押さえつけていたかと思うと、口の中で小さく何か呟いた。

「□□□□□□□□□……」

それは、英語ではないように思えた。もちろん日本語でもない。そもそも人間の言語ではないような――どこか不思議な抑揚と発音を持った言葉だった。

「さあ、どうです」

男はそう言って、とても気取った仕草で私たちに向けて財布を持ち上げてみせた。私はそれを受け取って、同じく気取った仕草で小銭入れをひらいた。

「はは――ないですね、百円玉」

見事に、一枚も入っていなかった。

「道尾くん、ここはもっと驚くべきなんじゃないのかい？」

「うわ、ない、百円玉が！」

「それじゃあ不自然だよ。人はほんとうに驚いたとき、言葉が出てこないものさ。具体的には、こうだ」

真備が、人がほんとうに驚いたときの様子を演じるのを見て笑いながら、私は男の手に財布を戻した。

「――まだ、足りませんよ」

低いその声に、思わず顔を上げる。

私の口許に残っていた笑みは、そのままのかたちで、ぴたりと凍りついた。

私たちを見下ろす男の目つきは、不敵な、感情の薄い、冷たいものだった。相手の心胆を寒からしめるような。

「フーディーニの子孫が、お二人だけのために、マジックを披露してみせたのです。その程度の驚きでは、足りません」

「いや、しかし、種を知っているマジックを見せられても……」

私は小さな声で言い返したが、男はそれきり何も言わず、くるりと私たちに背を向けると、ゆっくりとした足取りでドアのほうへと歩いていった。

「ありがとうございました」

レジの奥で、マスターが男に声をかける。男は、先ほど真備から受け取った三千円をマスターに手渡した。

「お釣り――ありませんね？」

「はい？」

マスターが訊き返したが、男は答えず、ただにやりと笑ってみせた。

「ん――あれ？」

レジの引き出しを探りながら、マスターがおかしな声を洩らす。

ドアロで、男はいちどだけこちらを振り返った。彼は私たちに、深々と礼をしてみせた。それは、思わず目を見張るほどの、とても優雅な、洗練された仕草だった。

男がドアの向こう側に姿を消す。

階段を上る重い足音が、だんだんと遠ざかっていく。

「あの人、いったいどうしちゃったんだろう……」

言いながら私は真備に視線を移した。真備は、カウンターの下を覗き込み、自分の鞄の中をしきりにいじっていた。やがて、はっとしたような顔つきになると、がばりと上体を起こし、ドア口を振り仰ぐ。

「真備、どうしたんだ？」

「道尾くん――」

どこか夢でも見ているような声だった。

「僕たちの右手――もしかしたら、見逃してもらったのかもしれないぜ」

「見逃してもらった？」

「僕の推理は、間違っていたのかもしれないということさ」

「どういうことだ？」

「河口で襲われたとき、彼は右腕を切られた。でも、切り落とされはしなかった。止血をし、小屋に戻り――ザヴィー氏が追いかけてきて――そう、僕の話した内容は、ほぼ正解だったのだろう。その時点で、小屋の中に彼の右手があったという一点を除いては」

「しかし、それなら、その右手はどこに行ったって言うんだ？」

「彼の言葉どおりさ。――彼が消した」

「何だって？」

真備が私に顔を向けた。普段あまり見ることのない深刻な表情だった。

「道尾くん――きみの財布を見てくれ」

彼は言う。

「僕の財布や、店のレジのように――百円玉がなくなっているかどうか、確認して欲しいんだ」

私は慌ててズボンの後ろポケットから財布を抜き出し、中身を確かめた。小銭入れの中に――百円玉はなかった。

私たちは、そのまま長いこと沈黙していた。

「偶然かもしれないがね。レジも、僕たちの財布も」

男が出ていったドアに顔を向け、真備が呟く。

「そうであって欲しいもんだな」

私はうなずきつつ、自分の右手をそっとさすった。

オディ&デコ

1

「今日から春なんだけどな……」

しかし、それはあくまで暦の上でのことだった。北見凜《きたみりん》の行く手、事務所へとつづく坂道は雪に覆われている。強い風とともに昨夜降り出した雪は、今朝になってやんだが、都内各所で電車をひどく遅らせ、ここ町田市の風景を真っ白に染め上げていた。

薬局の紙袋を胸に抱えながら、凜は足元をサクサク鳴らして坂道を上る。道の左右に建ち並ぶ家々の玄関先では、子供が雪を珍しがり、大人は白い息を吐きながら黙々とシャベルを動かしていた。ぴんと一本筋がとおったような冬の匂いを、凜は胸に深く吸い込んでみる。吐く息は真っ白だ。

「解熱剤、買ってきましたよ」

グリーンフラット101号室、『真備《まきび》霊現象探求所』のドアを入ると、出がけにつくってやったコーンポタージュスープの香りが鼻先に届いた。事務所の主である真備庄《しょう》介《すけ》は、このスープを飲んだあと寝室で横になっているはずなのだが、

「あれ」

長椅子にその真備の姿があった。ローテーブルを挟んで向かいのソファーには一人の少女が座っている。小学生のようだ。紺色のスカートに白いブラウス。通学鞄とフード付きのコートがソファーの上にきちんと置かれている。床に届くか届かないかの爪先《つまさき》をぴったりと揃《そろ》え、背筋《せすじ》を伸ばし、彼女は首だけ回してこちらを振り向くと、礼儀正しく挨拶《あいさつ》をした。

「こんにちは」

「あ、はいこんにちは」

真備が熱で淀《よど》んだ目をこちらに向け、

「そうだっ、い、い、しゃだよ」

と意味不明な言葉を発した。

「そうだっしゃ……」

ああ、相談者。

真備は鼻が詰まっているのだった。

この小さな女の子が、『真備霊現象探求所』にいったいどんな相談事を持ち込んでき

たというのか。いやその前に、真備は起きていても大丈夫なのだろうか。風邪で、ひどい熱があるはずなのに。

「先生……平気なんですか？」

「平気さ。セーターはさつじゅうだ」

ふっふっふっと変な笑い方をして、真備はボディービルダーのように着ぶくれた上半身を示した。座っているにもかかわらず、明らかにふらついているのがわかる。

「つづけて」

真備が少女を促した。

「はい。ええと……それで、その動画を見直してみたら、ほんとに仔猫の幽霊が映っていたんです。だから相談しに来たんです。ここの事務所のことは、別の友達から聞きました。坂の上のアパートにマビって人がいて――」

真備だよ、と真備が軽く訂正した。

「あ、バキビって読むんですか、すみません。そのバキビって人が『霊現象研究所』っていう――」

探求所、とまた訂正する。

「卓球所……？」

卓球台でも探そうというのか、少女は不思議そうに室内を見渡した。真備はといえば、自分の鼻が詰まっているせいで相手が言葉を聞き違えたことが理解できない様子で、口を半分開け、頭をふらふら揺らしながら少女の視線を追っている。これは駄目だ、とてもじゃないが話にならない。

「先生、私が」

代わりましょうとつづける前に、少女が眉《まゆ》を寄せて言った。

「あの、もしかして病気なんですか？」

「大丈夫だよ」

「風邪ひいてるんじゃないですか？」

「きびは優しいで」

にっこり微笑《ほほえ》んだかと思うと、真備はそれまで身体《からだ》を吊っていた紐《ひも》がぷつりと切れたかのように、いきなり長椅子の上にぶっ倒れた。少女が小さく悲鳴を上げ、凜は薬局の袋を投げ出して駆け寄った。

少女は莉子《りこ》といい、小学四年生だという。小柄で、ショートカットの髪からぴょこんと両耳が飛び出しているのが可愛らしい。ハイネックのセーターの襟に乗っかった顔が、丸くてピンク色で、なんだか指人形みたいな印象の女の子だった。

「ごめんね、二回も同じ話をさせちゃって」

莉子は小さく首を振り、凜が淹《い》れてやった甘い紅茶を口に含んだ。真備に薬を服《の》ませて寝室で寝かしつけたあと、彼女の相談というのをはじめから聞かせてもらったところだった。

「仔猫の幽霊か……」

殺してしまった仔猫が幽霊となり、自分に取り憑《つ》いているのだと莉子は言うのだ。

彼女がその仔猫を見つけたのは昨日の夜のことだった。塾からの帰り道に鳴き声を聞いたとき、はじめは鳥だと思ったらしい。

——ニャーニャーっていうより、ピーピーっていう感じで、高い声で鳴いてたんです。

公園の中だった。そこは家への近道なのだが、夜は人けがなくて危ないので、本当は通ってはいけないと母親に言われている場所だ。しかし真子《まこ》という同級生の友達と帰り道が同じなので、二人ならば大丈夫だろうと、いつも彼女たちはこっそりその公園を抜けて帰っていた。

真っ白な仔猫はベンチの下にいた。段ボール箱に薄いタオルが一枚敷かれ、ぽつんと寒そうに鳴いていた。莉子と真子が肩を寄せ合って覗《のぞ》き込むと、

——やっとお母さんに会えたみたいに、首をぐっと伸ばして、口を三角にあけて、あたしたちにお願いするような顔したんです。

朝、家を出るときに、二人はテレビの天気予報を見ていた。夜遅くから関東地方には

雪が降るらしい。実際、空を見上げてみると、星も月も見えず、いかにも機嫌の悪そうな雲がどろどろと広がっている。

——このままじゃ、ぜったい死んじゃうと思って。

彼女たちは相談をした。仔猫を助けるためには、どちらかが家に連れて帰ってやらなければならない。はじめは真子がそうすると言った。

——でも、真子ちゃんの家はマンションなんです。管理人さんにばれたら、またどこかに捨ててこなきゃならなくなります。あたしがそう言ったら、真子ちゃん、諦《あきら》めました。

いっぽう莉子の自宅は一軒家だった。それまで動物を飼ったことはないが、父も母も、べつに動物嫌いではない。

——だから、あたしが連れて帰ることにしたんです。真子ちゃんは、ときどき会いに来るって言いました。名前も、会いに来たときいっしょに考えようって約束しました。

莉子は仔猫を段ボール箱ごと家に運んで帰り、真子とは玄関の前で別れた。

父親はまだ仕事から帰っておらず、家にいたのは母親だけだった。これからはじまる仔猫との新しい生活に胸を躍らせながら、莉子は段ボール箱を抱えてキッチンに入っていったのだが、

——駄目だって言われたんです。

母親は仔猫を飼うことを許さなかった。

――塾のテストも近いし、いまは受験勉強がいちばん大事な時期だからって。

――受験勉強か……。

私立の小学校では、四年生の頃からもう受験の準備がはじまっているのか。凜は感心するような、同情するような思いで制服姿の莉子を眺めた。

――いま仔猫なんて飼ったら、あたしが勉強に集中できなくなるって言うんです。はじめはあたし、ぜったい大丈夫って言ったんですけど、でもお母さんの話を聞いてるうちに、なんだかだんだんそんなふうに思えてきて。

もとの場所に戻してこいと、母親は言った。莉子は仕方なく、小さくて着られなくなった古いセーターと携帯用カイロを段ボール箱に入れてやり、ふたたび玄関を出た。

――お母さん、莉子ちゃんに一人で公園に行けって言ったの？

――そうじゃありません。公園を通ったのがばれたらぜったい叱られるから、あたし仔猫を拾ったのは家のすぐ近くだって話したんです。そしたら、そこに置いてこいって。

家を出た莉子は迷った。あの人けのない公園に仔猫を置いてきたら、もう誰も見つけてくれないかもしれない。朝まであんな場所にいたら、きっと死んでしまう。だいいち、これから一人であそこへ行くのはちょっと怖い。

――だからあたし、なるべく人がたくさん通る場所に置いてこようと思いました。

考えついたのは、すぐ隣にあるマンションのゴミ集積所だった。そこならばマンションの住人がたくさん通る。屋根もあるから、雪をしのぐこともできる。二階にある自分の部屋の窓から、ちょうどそのゴミ集積所のほうを眺められることも、選んだ理由の一つだった。仔猫の様子まで見えるわけではないが、なんとなく安心できると思ったのだ。

そこまで話すと、莉子はふと口を閉じた。小さな顎《あご》を引き、しばらく黙り込んでいた彼女は、やがて迷子にでもなったような哀しげな目を上げた。

――カラスのことなんて、考えてなかったんです。

――カラス？

何のことやら一瞬わからなかった。しかし、すぐにはっとした。カラス。このあたりのゴミ集積所には、朝になるとカラスが食べ物を探しにやってくる。もしそこに小さな仔猫がいたら、どうなるだろう。

涙を堪《こら》えるようにして、莉子はつづけた。

――そこが仔猫にとって危ない場所だってこと、あたしぜんぜん気づいてなくて、朝起きたときも、悪いことしたなんて思ってなかったんです。窓の外を見たら雪が降ってて、すごく綺麗《きれい》で、お母さんがその雪を見て言ったんです。これはゆうべの仔猫がお礼を言ってるのかもしれないよって。飼おうとしてくれてありがとう、セーターとカイロをありがとうって。あの仔猫、雪みたいに真っ白だったから、あたしもそんなふうに思いました。

　仔猫のことを考えながら、莉子はしばらく窓から雪景色を眺めていた。そのうちに、真子のことを思い出した。仔猫を飼えなかったことを彼女に言わなければ。この雪が仔猫のお礼かもしれないということも、莉子は友達に伝えようと思った。

――あたし、窓から見える景色を携帯の動画で撮りました。それで、真子ちゃんに送ったんです。仔猫のことは、動画を撮りながら説明しました。

母親に反対されて、けっきょく仔猫を飼えなかったこと。仕方なく隣のマンションのゴミ集積所に置いてきたこと。セーターとカイロを入れてやったこと。そして、今朝の雪は仔猫のお礼かもしれないということ。莉子は雪景色の動画に、そんなメッセージを添えて真子に送った。

――少し経《た》ったら、真子ちゃんから返信が来ました。

その返信を見て、莉子は驚いたそうだ。

――動画にあの仔猫が映ってるよって、書いてあったんです。

はじめは、ゆうべの仔猫がまだ拾われずにいて、それが動画のどこかに映り込んでいたのかと思った。莉子は喜び半分、不安半分で自分の撮った動画を見直した。誰も拾ってくれなかったのだろうか。寒い夜を、あの仔猫は凍えながら過ごしたのだろうか。

――でも、映ってたのは仔猫じゃなくて……。

仔猫の幽霊だったのだという。

――それからまた、真子ちゃんからメールが来ました。『もしかして、あのネコ死んじゃったんじゃないの？』って。

両目に溜《た》まった涙が、いまにもこぼれ落ちそうに揺れていた。感情を抑えつけるのに必死でいることが、ぐっとそらした咽喉《のど》元から見て取れる。先ほど真備に話しているときは落ち着いていているように見えたが、あれはきっと、相手の様子が明らかにおかしいことに途惑《とまど》って、自分の感情を忘れていられたのだろう。

――学校へ行くとき、あたし早めに家を出て、あのゴミ捨て場に行きました。

「燃えるゴミ」の日だったので、そこにはたくさんのカラスがいた。積み重ねられたゴミ袋はことごとく喰い破られ、臭気と生ゴミがあたり一面に散らばっていた。そのときになってようやく彼女は、いつもこのゴミ集積所にカラスが群れていたことを思い出した。仔猫の段ボール箱はそこにあった。中には莉子が入れてやったセーターとカイロと、はじめから敷いてあった薄いタオルだけが残されている。それでも、もしかしたら夜のうちか朝方早くに、誰かが拾っていってくれたのかもしれない。彼女のそんな期待は、しかし、段ボール箱の脇に広がっていた赤いものを見た瞬間に裏切られた。

――仔猫の血でした。あんなにたくさん血が出ることされたら、ぜったい死んでます。

思い出したくなかったのだろう、莉子は目を閉じて強く首を振った。

――あたしが、あんな場所に置いたから、食べられちゃったんです。あたしが勝手に拾って、勝手に別の場所に置き去りにしたから。あのまま公園にいたら、誰かが拾ってくれてたかもしれないのに。

言葉の途中で、彼女は両手で叩《たた》くように顔を覆い、細い両肩を震わせてとうとう泣き出した。

「動画を、見せてもらってもいい？」

莉子の隣に寄り添い、彼女が落ち着くのを待ってから凛は静かに訊《き》いた。莉子はこくりと頷《うなず》いて、まだ涙に濡れている手で通学鞄を探ると、ピンク色の携帯電話を取り出した。慣れた手つきでボタンをいじり、ディスプレイに白い静止画像を表示させてから電話機を凛に手渡す。

「真ん中のボタンで、再生できます」

自分はもう見たくないというように、莉子は顔をそむけた。凛が動画を再生してみると、

『真っ白です』

莉子の声が聞こえた。ディスプレイの中で、雪景色がゆっくりと右から左に流れていく。

『昨日の仔猫、お母さんに駄目だって言われちゃった。飼っちゃ駄目だって。だから、残念だったけど、隣のマンションのゴミ捨て場に置いてきた。あそこなら、たくさん人が通るから』

屋根の上の雪。白い露地。ディスプレイを横切る電線の上にまで、雪は載っている。

『いらないセーターとカイロを段ボール箱に入れてあげた。さっきお母さんが、この雪は仔猫のお礼なんじゃないかって言ってた』

右手のほうから、マンションらしき灰色がかった外壁が見えてきた。

『飼おうとしてくれてありがとうっていう、お礼なんじゃないかって。真子ちゃんにも、きっと仔猫はお礼を言ってると思うよ。……あそこの下にあるゴミ捨て場に置いてきたんだよ。もう誰かに拾われてるだろうけど、飼ってあげたかったな』

しばらく、画面の動きが止まった。ゴミ集積所があるあたりを映している。凜は画面を注視した。羽を休めているカラスが一、二、三、四、五……ぜんぶで八羽。マンションの入り口あたりに植えられた高い木の枝に、ちょうど円を描くようにしてとまっている。そして、そのカラスたちの真ん中あたりに――。

「あ」

猫の顔があった。白い猫の顔が浮かんでいる。画面の中央に、赤ん坊の爪ほどの大きさの。

ほどなくして、動画の再生は終わった。

「……仔猫の顔、映ってましたよね」

ほとんど聞き取れないほどの声で、莉子が言った。凜は頷かず、かといって否定もせず、もう一度ボタンを押して動画を再生した。

『真っ白です。昨日の仔猫、お母さんに駄目だって……』

もう少し。

『真子ちゃんにも、きっと仔猫はお礼を……』

もうちょっと先。

「ここね」

一時停止ボタンを押す。画面の真ん中あたりに八羽のカラスが映っている。カラスたちの中心に、白い、猫の顔らしきものが浮かんでいる。両耳をぴんと立て、じっとこちらを見つめているような。

「たしかに猫に見えるけど……でも、きっと幽霊なんかじゃないわ」

そう言うしかなかった。

「幽霊じゃなかったら、何ですか？　もしその猫の顔が幽霊じゃなくて――」

言いかけて、莉子は自分で驚いたように口を閉じた。無惨な想像が頭に浮かんだのだろう。もしこれが仔猫の幽霊でなく、本物の仔猫だったとしたら。そう考えてしまったに違いない。顔だけしか――頭部だけしか映っていない以上、仔猫そのものであるよりも、仔猫の幽霊であるほうがまだ受け容《い》れやすい。

「何か、猫の顔に似たものがたまたま映り込んだのよ。だってほら、仔猫の顔にしては大きい気がしない？　はっきりとは見えないけど」

「じゃあ、やっぱり幽霊です……ぜったいそうです。あの仔猫、あたしのこと怨《うら》んでるんです」

ふたたび顔を覆って泣き出した莉子の背中に、凜はそっと手を添えた。なんとかこの少女を冷静にさせる言葉はないだろうか。真備ならどうするだろう。やはり彼が相談を受けてやったほうが――。

「声も、聞こえたんです」

顔を伏せたまま、莉子はそんなことを言った。

「……声？」

「今日学校で、真子ちゃんが聞いたんです。休み時間に二人で体育館のほうに歩いているとき、急に立ち止まって」

――いま、仔猫の鳴き声しなかった？

真子はそう言ったのだという。

近くに仔猫など、もちろんいなかった。それどころか周囲には人間さえいない。すぐそばにパソコン学習教室の入り口があったが、扉は開いていて、中に人影がないのが見てとれた。

「ニャーっていう鳴き声じゃなくて、ピーっていうような、あの仔猫に似た鳴き声がしたっていうんです。あたしには聞こえなかったんだけど、真子ちゃんはたしかに聞いたんです。でも、あたしの顔を見て、真子ちゃんは慌てたみたいに首を振りました。やっぱり自分の聞き違いだったって、笑ってくれました」

友達のその笑いが嘘だということが、莉子にはすぐにわかったそうだ。

「ほんとは聞こえたのに、誤魔化《ごまか》してくれたんです。真子ちゃん優しいから、あたしのこと心配して」

それまで莉子は、朝のゴミ集積所で見た光景を真子に黙っていた。木に群がっていたたくさんのカラス。段ボール箱の中にあの仔猫がいなかったこと。話すのが怖かったのだそうだ。自分のせいで仔猫が死んでしまったということを、どうしても友達に言えなかった。——しかし、仔猫の声が聞こえたと言われて耐えきれなくなり、とうとう莉子は打ち明けた。

「血のことは怖くて言えなかったけど、あたし、自分がやったことをぜんぶ真子ちゃんに話しました。ぜんぶ正直に。真子ちゃん、大丈夫、大丈夫って言ってくれました。いま自分が聞いた仔猫の声も、きっと何かの間違いに決まってるって」

「そうよ、私もそう思うわ」

「でも、あたしはそうは思えません。仔猫はあたしのこと怨んで死んで、幽霊になったんです。真子ちゃんが聞いたのは、仔猫の幽霊の声だったんです」

数年前、福島県で体験した出来事を凜は思い出していた。あれは真備の旧友である道《み》尾《お》が、山中で死者の声を耳にし――。

「アイスクリーム買ってきたんだけど」

いきなり玄関から声が飛んできて、莉子と二人でびくりと振り向いた。いつのまにか道尾がドアの隙間《すきま》から顔を覗かせている。

「道尾さん、呼び鈴くらい鳴らしてくださいよ」

「いやほら、真備が寝てたら悪いと思って。――あ、お客さん。どうも」

道尾は首を突き出すようにして莉子に挨拶しながらドアを入ってきた。片手にスーパーのレジ袋を提げている。

「今朝、真備に用があって電話したら、なんだかゾンビみたいな声してたからさ、心配になって来てみたんだ。北見さんもよかったらこれ、アイスクリーム食べてよ」

「いえ、私は……」

言いかけて、ふと口をつぐんだ。

霊の声。

猫の幽霊。

数年前の山中で、道尾は霊の声を聞いた。

「あの、道尾さん」

凜はソファーから立ち上がった。

「ちょっと、いっしょに来てくれませんか？」

真備は寝室でぶっ倒れているが、もしかしたらこの道尾が何かの役に立ってくれるかもしれない。失礼ながら、いつもあまり活躍することのない道尾だが、今回ばかりは力になってくれるのではないか。何故かしらそんな気がした。

2

が、ぜんぜん役になど立たなかった。

固まりかけている雪を踏み、凜と道尾は莉子の先導で件《くだん》のゴミ集積所に向かった。道尾は、葉を落とした欅《けやき》に群がるカラスたちを、ただただ口を開けて見上げるばかりだった。

「あれみたいだね、ほらあのヒッチコックの映画」

「ええ。ところで道尾さん、何か感じませんか？」

「何かって？」

余計な先入観を与えてしまってはいけないので、莉子の相談事は彼には説明していない。

「その……たとえば鳴き声のようなものが聞こえたりとか」

「さっきから聞こえてるよ」

えっと凜は道尾の顔を見直した。

「間近で聞くと、けっこう大きな声してるよね、カラスって」

「ああ……」

漫才をやっている場合ではない。凜はがっかりしながら、しかしどこかで安堵《あんど》もおぼえながらゴミ集積所のほうへ視線を移した。ゴミはもう収集車が運んでいったようで、コの字形のコンクリートの壁に囲まれた畳二枚分ほどのスペースには、カラスが喰い荒らした生ものの残骸だけが散らばっている。その一箇所――地面が赤くなっている場所があったが、誰かが水でも流してくれたのか、それはもうほとんどわからないほどだ。仔猫が入っていたという段ボール箱も収集車が持っていったのだろう、そこにはなかった。

「その場所で、死んだんです」

凜の視線を追い、莉子がぽつりと声を洩《も》らした。

「え……何それ。誰が死んだの？」

道尾がぎょっとした顔を向けた。

仕方なく、凜は事の次第を説明した。莉子に見せてもらった動画のことも、学校で友達が聞いたという仔猫の声のことも。傍らでそっと頷きながら話を聞いていた莉子の顔が、いっそう哀しげになっていく一方で、道尾の表情はみるみる強張《こわば》っていった。

「北見さん……僕を利用したの？」

「いえあの――」

慌てて言いかけたとき、「莉子ちゃん」という声が聞こえた。髪の長い女の子がこちらへ近づいてくる。莉子と同じ制服だ。

「真子ちゃん」

どうやらこの子が真子らしい。すらっと手足の伸びた、綺麗な顔立ちの少女だった。莉子が「可愛らしい」イメージなのに対し、真子のほうはきっと誰もが「綺麗」と表現することだろう。死んでしまった姉のことを、凜はちょっと思い出した。

真子は凜と道尾を一瞥《いちべつ》し、訊《たず》ねるような顔を莉子に向けた。莉子は弁解でもするように説明する。

「あの仔猫のことを相談したの。ユウちゃん――隣のクラスの友達が、そういう相談を聞いてくれるところがあるって教えてくれて」

真子の目がふっと広がった。それは何か、探していた失くしものを見つけたときのような表情だったが、しかしすぐに跡形もなく消えた。心配そうな小声で言う。

「あたしも、誰かに相談したほうがいいと思ってたんだ。幽霊のことなんて、自分たちだけじゃどうしていいかわからないもんね。取り憑いちゃった仔猫を追い払う方法なんて、もちろん知らないし……」

言ってから、慌てたように口調を明るくしてつづける。

「でも大丈夫だよ。ちゃんとした人に相談したんなら、きっと成仏させてくれるよ。あたし、あれからちょっと調べてみたんだけど、殺された動物の幽霊って人間の幽霊よりずっと力が強いんだって。だから、そのへんの霊媒師とかにはなかなか追い払えないみたいだけど、でも、ちゃんとした人ならぜったい大丈夫。追い払ってくれるよ」

「うん……」

と、莉子はほとんど聞き取れないほどの声を返し、ピンクの手袋をはめた両手を落ち着かなげにコートの前で握り合わせた。

「莉子ちゃん、今日は塾行かないの？」

「今日は、休む。授業なんて、きっと聞いていられないから」

「そのほうがいいかもしれないね」

真子は気遣わしげに、自分よりも少し背が低い莉子の顔をじっと見た。やがて、「あたし塾に行かないと」と言って、凜と道尾に軽く頭を下げてから莉子のそばを離れていく。去り際《ぎわ》、彼女はゴミ集積所に残された赤い部分に向かって静かに手を合わせた。あ、と莉子が声を洩らし、急いで彼女の隣に立って同じように目を閉じて合掌する。

「じゃあ、明日学校でね。何かあったらメールして」

去っていく真子の後ろ姿を、莉子はしばらく心細そうに見送っていた。やがてゴミ集積所の地面に向き直ってしょんぼりと肩を落とすと、視線を上げ、欅にとまった獰猛《どうもう》そうなカラスたちを見やり、また地面を見て溜息《ためいき》をついた。

「ねえ莉子ちゃん……ちょっと訊いてもいいかな」

ずいぶん迷ったが、凜は思い切って切り出した。

「あなたと真子ちゃんとは、ずっと仲良しなの？」

どうしていまそんな質問をされるのか、不思議そうな顔をしながらも莉子は頷いた。

「幼稚園からいっしょです。ずっと友達です」

「もし嫌じゃなかったら教えてほしいんだけど、学校とか塾では、どっちのほうが勉強ができる？」

答えようとして、莉子はほんの少しためらった。

「成績がいいのは——あたしだと思います。でも真子ちゃんもすごく頭がいいです。いろいろ知ってるんです。幼稚園の頃から、あたし何でも教えてもらいました」

「そう……」

哀しい気持ちで、凛は莉子の素直な両目を見つめ返した。

3

「さすがの僕にもわかったよ」

莉子を家まで送ったあと、事務所への雪道を戻りながら道尾が呟《つぶや》いた。

「あの子、上手だね」

その短い言葉で凛は、彼が自分と同じ考えでいることを知った。

「あんな歳の頃……僕には蹴落《けお》としたいライバルなんていなかったけど、いまはやっぱり違うのかな。学校でも塾でも、競争なんだろうね」

真子はいかにも友達を心配し、元気づけるような言葉をかけていたが、わざと莉子を不安がらせようとしていたのは明らかだった。

仔猫は——可哀想だが、実際のところカラスに食べられてしまったのだろう。真子は、莉子の行為が結果的に仔猫を殺してしまったことを知り、その後悔を利用して彼女を不安がらせることを思いついたのに違いない。「幽霊」だの「取り憑いた」だの「成仏」だのといった言葉を上手に使って。

凛はこんなふうに考えてみる。かつては何でも教えてやっていたはずの幼馴染《おさななじ》みが、いまは学校でも塾でも自分より成績がいい。知らず、真子の中に友達を妬《ねた》む気持ちが生まれてしまったのだろう。昨夜、二人で見つけた仔猫を莉子が連れ帰ったことにも彼女は腹を立てた。自分の家はマンションだから動物を飼うことはできない。しかし莉子は嬉《うれ》しそうに段ボール箱を抱えて家に入っていった。そしてその仔猫を、母親に駄目だと言われたからと、ふたたび外に置き去りにし、意図的ではないにしてもカラスの餌食《えじき》にしてしまった。それを知り、真子の小さな胸の中にはいっそう黒い気持ちが募ったのだろう。だから彼女は莉子に対し、ああして本人に気づかれない嫌がらせをしている。

——おそらく学校で真子が聞いたという仔猫の声も、彼女の作り話だ。踏まれて固くなった歩道の雪を踏みながら、凛と道尾はそんなことをぽつりぽつりと話し合った。

「莉子ちゃん、いまどき珍しいくらい素直そうな子だもんね。友達のこと、あれまったく疑ってないでしょ」

道尾の言葉に頷いた。

だからこそ、莉子は勉強ができるのかもしれない。小学四年生くらいでは、学力はほぼ素直さそのものだと言っても過言ではない。やれと言われたことをやり、憶《おぼ》えなさいと言われたことを憶える。それを完璧にこなす子は、学校や塾でいい成績をとることができる。

今日、莉子は塾を休んだ。思えばそれだけでも、真子の作戦はすでに成功している。

「でもさ、動画に映っていたっていう猫の顔は何だったんだろうね。まさかそれも真子ちゃんがやったってわけじゃないでしょ？」

「それは——無理ですよね」

仔猫がゴミ集積所に置き去りにされたことを、莉子から動画が送られてくるまで真子は知らなかったのだから、事前に何か仕掛けめいたものを用意することなどできない。そもそも莉子から送られてきた動画に、白い猫の顔らしきものが映っていたのを見つけて、きっと真子は莉子を「仔猫の幽霊」というでたらめな存在で不安がらせることを思いついたのだ。

「道尾さんは、何だったと思います？　動画に映っていた猫の顔。まさか本当に仔猫の——」

「やめてよ、そういうの」

道尾はマフラーを巻いた首をすくめ、横目でじろりと凜を見た。

しばらく無言で肩を並べて坂道を上っていたが、行く手に事務所のドアが見えてきた頃、道尾が言った。

「真備に相談してみなよ」

「でも、先生は風邪で」

「風邪でぼんやりした頭でも、僕なんかよりはきっとましだと思うよ」

二人の白い息は、雲のない透明な空に消えていった。

「入らだいほうがいい……風邪がうつる」

寝室をノックすると、真備の力ない声が聞こえてきた。

「さっきの女の子のことで、相談があるんです」

返事はなかった。

凛はあれからの出来事をドア越しに伝えた。莉子が見せてくれた動画。真子という友達。ゴミ集積所での会話。不可解なのは、動画に映っていた猫の顔だけだということ。

「白いでこど顔か……」

それだけ言うのも辛《つら》そうに、真備の声は息で薄まっていた。

「きっと、今日から春だからだろうで」

「春だから……ですか？」

「今朝は風が強かった」

「ええ、でもそれが」

「たぶ、風で飛ばされたべさ」

「は？」

鼻が詰まっているからなのか、それとも熱のせいで支離滅裂なことを口走るだけでなく妙な方言まで交えてしまっているのか、判断がつきかねた。

「オディド……」

最後にそんな言葉を呟いて、とうとう真備は力尽きたらしい。声はぱったりと途絶え、ドアに頬をつけて聴き耳を立ててみると、微《かす》かな寝息が聞こえてくる。すぐ隣でやりとりを聞いていた道尾が、眉根《まゆね》を寄せて腕組みをし、「オディド？」と首を突き出した。

「オディドって何？」

「さあ……」

二人して首をひねる。ドア越しに真備がくしゃみをするのが聞こえた。寝ながらしたのだろうか。

「とりあえず、ゆっくり座って考えようよ。さっき買ってきたアイスクリームでも食べながら」

道尾が悠長なことを言う。とても落ち着く気になどなれなかったが、たしかにここでこうして突っ立っていても仕方がない。

「じゃあ、コーヒー淹れます」

凛はキッチンに向かい、ヤカンを火にかけた。『豆のにしかわ』スペシャルブレンドの袋から豆をすくい、電動ミルへ放り込んでスイッチを入れたとき、

「ん？」

と背後から道尾の声がした。見れば彼はソファーに座り、冷凍庫から出してきたアイスクリームを、もう食べようとしている。――のかと思ったら、丸い紙蓋《かみぶた》を剝《は》がした状態で動きを止め、なにやら目をぱちぱちさせている。

「あ、スプーンですか？」

「いや、そうじゃなくて……ん？」

右手につまんだ紙蓋を顔の前に持ってきて、道尾はそれをしげしげと眺めはじめる。表を見る。裏を見る。また表を見て裏を見る。やがて彼は「あ！」といきなり声を上げた。

「どうしたんです？」

「北見さん、紙ある？　白い紙。それとハサミとクレヨンか何か」

「クレヨンじゃなくて、色鉛筆なら」

「貸して」

言うなり道尾は、彼にしては素早い動きで立ち上がり、猛然と近づいてきた。凜はぎょっとして、その勢いから逃れるように真備の仕事部屋のドアを開けると、A4判の印刷用紙とハサミと十二色の色鉛筆を用意して道尾に渡した。道尾はそれを手にソファーへと駆け戻り、ローテーブルに覆い被《かぶ》さるようにして何か作業をしはじめる。

キッチンのヤカンが湯気を上げているのに気づき、凜は慌てて火を止めた。ミルのほうはとっくに豆を碾《ひ》き終わっていたので、スイッチを切る。それにしても、いったい道尾は何をはじめたのか。そっと彼のほうに首を伸ばしてみると、

「北見さん」

　がばりと道尾が顔を上げた。

「動画に映っていた猫の顔、もしかしてこんな感じじゃなかった？」

「あ」

　思わず凜は口を開けた。道尾が手に持っている紙。あの顔。莉子の動画に映っていた白い猫の顔。耳をぴんと立て、じっとこちらを見つめているような——。

　凜の表情を読んだ道尾が、満足そうに笑った。

「ようやく僕も役に立てたよ」

　そして彼は、手にした猫の顔をくるりとひっくり返してみせたのだった。

4

「……節分の、お面ですか？」

　動画に映り込んでいたものについて説明すると、莉子はぽかんと凜の顔を見上げた。

「その、裏側。ゆうべは節分だったでしょ？　どこかの家で、使い終わった鬼のお面を

生ゴミといっしょにゴミ袋に入れて、この集積所に捨てたのよ」

仔猫の幽霊の件が解決したと莉子にメールを出し、例のゴミ集積所まで来てもらったのだ。

「その袋をカラスが喰い破ったものだから、お面が風に煽《あお》られて飛んでいったのね。それで、そこの木に引っかかったの。莉子ちゃんの動画に映っていたのは、そのお面の裏側だったのよ」

莉子はいまいち理解ができていないようだ。

「道尾さん、さっきの」

「あ、うん」

折りたたんでコートのポケットに入れてきていた手製の面を、道尾は取り出した。頭に二本の角が生えた鬼の面。吊り上がった両目の真ん中に二つの覗き穴が開いている。莉子の前にしゃがみ込み、道尾はその面を裏返して、何も描かれていない側を彼女のほうへ向けてみせた。

「あ」

莉子の声は先ほど凜が洩らした声とそっくりだった。目の前で、二本の鬼の角がぴんと立った二つの耳になり、両目の真ん中に開けられた覗き穴が丸いつぶらな瞳に変わったのを見て、ぱちぱちと瞬《まばた》きをしている。

アイスクリームの紙蓋から、道尾は猫の顔の正体に思い至ったらしい。表側にはカラフルな印刷が施されていて、裏側は真っ白なあの紙蓋から。

——今日から春だからだろうで。

今日から春。つまりゆうべは節分の夜。豆まきもしなければ恵方《えほう》巻きも食べなかったので、まったく気づかなかった。

——たぶ、風で飛ばされたべさ。

たぶん、風で飛ばされた面さ。

——オディド。

鬼の。

「笑わないでください」

思わず込み上げた笑いを莉子に見とがめられた。

「ごめんね莉子ちゃん、あなたの勘違いを笑ったんじゃないの。自分があまりに情けなくって」

いくらドア越しの声だったとはいえ、なんとも馬鹿馬鹿しい。莉子の気分を変えてあげたい気持ちもあり、凜は鼻づまりの真備とのやりとりを彼女に語って聞かせた。しかし莉子の表情は暗いままだった。

「動画に映っていたのが鬼のお面だったってことがわかっても……あたしが仔猫を殺し

たことに変わりはありません。仔猫はぜったいあたしを怨んでます。だって、真子ちゃんは仔猫の幽霊の鳴き声を聞いたんだし……」

言葉を中途半端に途切れさせ、莉子はうつむいて唇に力を込めた。

凛と道尾は互いに小さく息をついて顔を見合わせた。どうやら真子の幽霊作戦はかなりの効果をあげてしまったらしい。ここで凛や道尾が、そんなことはない、仔猫は莉子を怨んでなどいない、真子が聞いた仔猫の声もぜったいに聞き違いだなどと力説したところで無意味なことは容易に想像できた。

と——莉子の携帯が鳴った。

ディスプレイを見た彼女は、「お母さんだ」と不安そうな顔をする。

「塾を休んだから、今日は家で勉強しなさいって言われてるんです。お母さんがトイレに入ったときに、こっそり出てきたんです」

電話に出た莉子は、母親と二言三言話してから電話機のフラップを閉じた。

「あたしもう帰ります。鬼のお面のこと教えてくれて、ありがとうございました」

両手を重ねてきちんと頭を下げると、莉子はくるりと二人に背中を向けた。その背中は、今日のうちでいちばん小さく、頼りないものに見えた。太陽はすっかり傾き、雪の露地は夕焼けに照り映《は》えている。

「ねえ莉子ちゃん」

歩き去ろうとする莉子を、不意に道尾が呼び止めた。

「きみたちが通ってる塾の場所……教えてくれる？」

「あ、はい」

途惑ったような顔をしながらも、莉子は教えてくれた。


塾の授業が終わるという午後八時、凜と道尾は喫茶店のテーブルを挟んで向かい合っていた。すぐ脇の窓からは、塾の電光看板とガラス張りのドアが見えている。

――真子ちゃんと、話をしてみるんですか？

夕刻、雪道を去っていく莉子の後ろ姿を見送りながら凜が訊くと、

――だって、なんだかこのままじゃ、節分のたびに思い出しちゃいそうだもの。

道尾はそう言った。

凜も同じ気持ちだった。春を迎えるたび、苦い思いを嚙み締めることになってしまいそうだ。だからいま凜たちはこうして、真子が塾から出てくるのを待っている。

「でも、どうやって話せばいいんでしょうね」

「強い態度で追及したら、あの子を傷つけちゃうだろうし……あ、出てきた」

塾のドアからぱらぱらと小学生たちが出てきはじめた。制服の子。私服の子。急いで席を立ったちょうどそのとき、凜は真子の姿を見つけた。会計は済ませてあったので、

二人はそのまま喫茶店を出た。

「あれ……どこ行っちゃったんだ？」

塾の前で子供たちが賑《にぎ》やかに喋《しゃべ》っている。しかしそこに真子はいない。

「あ、道尾さんあそこ」

真子が小走りに歩道を遠ざかっていくのを見つけ、二人は慌てて追いかけた。

「あの子、何を急いでるんだろ」

「なんだか嬉しそうな感じに見えますけど」

歩調を緩めることなく、真子は雪の露地を何度か曲がった。やがて彼女が行き着いたのは一軒の平屋建ての家だった。新聞受けはガムテープで塞《ふさ》がれ、窓は真っ暗で、カーテンも下がっていない。明らかに空き家だ。真子はするりと門を抜けると、外塀と外壁のあいだの隘路《あいろ》を浮き浮きした足取りで進んでいった。その先は庭になっているようだ。

足音を殺し、凜と道尾がそっとあとをつけていくと――。

ピー、ピー、ピー。

高い鳴き声が聞こえてきた。

最初に凜が庭を覗いた。つづいて道尾が首を突き出した。雪に覆われた地面。誰もいない。足跡もない。甘えるような鳴き声は、すぐそばで聞こえている。二人はそちらに顔を向けた。家の縁側に、屈《かが》み込んだ真子の背中が見えた。

「無事だったんだ……」

道尾の洩らした声に、真子は小さな身体ごと振り返って表情を固まらせた。

5

『お母さんが許してくれて、ネコを飼えることになりました。真子ちゃんと相談して、名前はオディにきめました』

凜のもとに莉子からのメールが届いたのは三日後のことだ。

オディというのはもちろん、凜が莉子に話して聞かせた、あの真備との馬鹿馬鹿しいやりとりがもとになっているのだろう。

『真子ちゃんとは、前よりも仲良しになったと思います。真子ちゃんは、なんとかっていう猫背の人のおかげだって言ってました』

「道尾さん、猫背の人ですって」

「どれ……あ、ほんとだ。ひどいな」

文面を覗き込んだ道尾が唇を曲げる。

あの夜、真子は正直に話してくれた。

莉子から送られてきた動画に猫の顔が映っているのを見て、彼女ははじめ、本当に仔猫の幽霊だと思ったのだそうだ。カラスにやられ、あの仔猫は死んでしまったに違いないと。真子は莉子に『昨日のネコが映ってるよ』とメールを返すと、居ても立ってもいられなくなり、家を飛び出してゴミ集積所に向かった。カラスが喰い荒らしたゴミ袋の脇に段ボール箱がある。中には、見たことのある莉子のセーターが入っているだけで、仔猫はいない。

と思ったのだが、ためしにそのセーターをめくってみると、

——寝てたんです。

仔猫は丸くなって寝息を立てていた。

真子は仔猫が生きていたことにほっとした。しかし、では動画に映っていたあの猫の顔はいったい何だったのだろう。傍らの木を見上げてみると、そこには節分の豆を買ったときに付いてくる鬼の面が、裏返しになって引っかかっている。ああ、あれか。彼女が思わず笑ったそのとき、強い風が吹いた。面はどこかへ飛んでいった。

仔猫は、どうやら夜のうちにセーターの下にもぐり込んだおかげで、カラスの目を逃れることができたらしい。小さな身体を丸め、気持ちよさそうに眠っていた。とても幸せそうに見えた。

——なんだか、まるでお母さんのそばにいるみたいに、莉子ちゃんのセーターにくるまっていたんです。安心しきって。それを見てたら、あたし急に、莉子ちゃんのことが

……。

夜の空き家の縁側で、真子は辛そうに唇を結んだ。彼女の足元、横倒しにされた木製の古い整理棚の中では、仔猫が甘えるような高い声を上げていた。

自分の成績が思うように上がらないのに、莉子はどんどんテストでいい点数をとるようになる。自分の家はマンションなのに、莉子の家は一軒家で、二人で見つけた仔猫を連れて帰ることができた。悔しかった。莉子のことが嫌いではないのだが、ただ悔しかった。その上、莉子は母親に反対されたからといって仔猫をゴミ集積所に置き去りにしたという。カラスがたくさんいて、こんなに危険な場所に。

――ほんとのこと言うと、仔猫が死んじゃってればいいっていう気持ちも、少しだけあったんです。家からゴミ捨て場まで走って行く途中、莉子ちゃんのせいで仔猫が死んじゃってくれていればいいって、どこかで考えてました。そうすれば、莉子ちゃんのことを責められるから。莉子ちゃんに哀しい思いをさせられるから。

ところが仔猫は無事だった。それどころか、安心しきった様子で莉子のセーターにくるまって眠っている。その様子を見た瞬間、彼女の小さな胸にわいた気持ちを、凜はおぼろげに想像することができた。いろいろな感情が綯《な》い交ぜになり、そのいちばん底のほうで、理不尽な悔しさがぐんぐん嵩《かさ》を増していったことだろう。

――だからあたし、仔猫が死んじゃったことにしようと思ったんです。死んで、莉子ちゃんを怨んでるってことに。

　真子はセーターにくるまっていた仔猫を抱き、その場を離れた。仔猫の隠し場所はすぐに思いついた。別の友達と、以前に忍び込んで遊んだことのある空き家。あそこの庭ならきっと誰にも見つからない。こっそり自分が仔猫を飼うこともできる。真子は駆け足で空き家に向かうと、縁側に置かれていた空の整理棚を横倒しにして棚板を外した。整理棚はちょうど長方形の箱のようになり、それは仔猫の部屋にぴったりだった。

　――そのとき、鞄に絵の具が入ってることを思い出したんです。

　それは真新しい絵の具セットだった。図工の授業で使っていた絵の具が残り少なくなってきたと母親に話したら買ってくれたのだ。彼女は絵の具セットから赤のチューブを取り出した。すぐそばに、パインの空き缶が放置されていた。中には釘《くぎ》とネジと、雨水がたっぷり入っている。真子はその雨水に赤い絵の具を絞り出して溶いた。そして缶を持ってふたたびあのゴミ集積所へ向かうと、地面に流したのだという。

　そのときになってようやく凜は「あ」と思った。昼間、真子がゴミ集積所の地面に向かって手を合わせたあのとき、どうして気づかなかったのだろう。彼女は「仔猫の血の跡」のことを知らなかったはずなのだ。莉子は学校で、そのことだけは真子に話せなかったと言っていた。それなのに真子は、迷わず「血の跡」があった場所に向かって手を合わせた。あのとき地面には、もうほとんど赤いものは残っていなかったというのに。

――それから、莉子ちゃんにメールを出しました。『もしかして、あのネコ死んじゃったんじゃないの？』って送りました。

そこまで話すと、真子はうつむいたまま、手袋をした両手をきつく握り締めた。

――あたし、莉子ちゃんに嫌われます。ほんとのこと話したら。

声が震えていた。彼女は静かに泣いているのだった。

自分たちが追い詰めてしまった少女を前に、凜は何も言えなかった。どうすればいいのだろう。真子はどんなふうに莉子と和解すればいいのか。仔猫だって、いつまでもこんな場所に置いておくわけにはいかない。事態を上手《うま》く解決させる方法を、考えれば考えるほど、答えは見えなくなるばかりだった。

が、そのとき道尾が、驚くほど気楽な声で言ったのだ。

――平気だと思うよ。

え、という顔で真子は濡れた目を上げた。

――嫌われないよ、大丈夫だよ。

ほとんど笑い飛ばすような言い方だった。

――だって幼稚園からいっしょなんでしょ？　そんなの、仔猫とか幽霊とか、そんなちっちゃなことでどうにかなったりしないって。

真子は整った顔をぽかんとさせて道尾を見上げていた。

しないから。

——平気平気、莉子ちゃんに話しちゃいな。素直にぜんぶ話せば、ぜったい怒ったり

——でも。

——僕が保証するよ。

そのあまりの自信に圧《お》されるように、真子はこくりと頷いた。あとで莉子からもらったメールによると、その夜のうちに真子から電話があり、すべてを素直に打ち明けられたらしい。道尾が言ったとおり、莉子は怒ったりせず、むしろ仔猫が生きていたことを知って単純に大喜びしていた。

それから三日間、仔猫はこの事務所で預かっている。新しい飼い主が見つかるまで面倒を見ると、道尾が勝手に約束したのだ。

「じゃ、これであいつともお別れか。莉子ちゃんの家で飼うことになったんなら」

寂しそうに、道尾は部屋の隅を見た。床に置かれたクッションの上で、オディと名付けられた仔猫がすうすうと寝息を立てている。

この三日間というもの、道尾は朝早くから事務所にやってきては、仔猫を撫《な》でたり頬ずりしたり、温めたミルクやネコ缶を与えたり、赤ちゃん言葉で話しかけたりしていた。夜になってもかまいつづけ、なかなか帰ろうとしなかった。このぶんだと、新しい飼い主である莉子の家にまで押しかけていきそうだ。

「道尾さん……あのとき私、見直しちゃいました」

「あのときって？」

切なげな目でオディを見つめたまま、道尾は訊き返す。

「ほら、空き家の縁側で真子ちゃんを勇気づけてくれたとき。私、どうすればいいかわからなかったんです。大丈夫、ぜったい大丈夫だって、大人が自信を持って断言してあげなければいけないと、頭ではわかっていたんですけど、それを実際に言葉にすることがどうしてもできなかったんです」

だが、道尾は見事にやってみせてくれた。未来のことを、あれだけ自信を持って確言できる人など滅多にいない。どうやら自分はいままで、ちょっと道尾のことを軽んじていたようだ。なかなかどうして、大した説得力だった。

「ああ、あれは僕もあとで思い出して驚いたよ」

「はい？」

「あのときはさ、猫の幽霊が鬼の面の裏側だったと見破ったことで——何ていうのかな、妙な万能感みたいなものが全身にみなぎっていたんだよね。あんな感覚、生まれて初めてだったなあ。いまなら何をやっても大丈夫って気がしたんだ。どんなに適当な言葉を口にしても、なんか、ほんとにそうなりそうな感じがしてさ」

そのときの興奮を思い出すように、道尾は両手を胸にあててわくわくと身を震わせた。

「……そうですか」

なんだかすっきりしない気持ちで凜は頷いた。

まあ、万能感だか何だか知らないが、あのとき道尾に助けられたことに違いはない。

おかげで、これから春を迎えるたびに苦い思いをすることもなさそうだ。

オディがもぞもぞと身じろぎをし、道尾が「どちたの？」と近寄っていく。深く考えるのはやめにして、凜もオディのそばに寄って膝《ひざ》をついた。オディは両目を線のようにつぶってよく眠っている。

寝室のドアの向こうで、まだ風邪が治っていない真備のくしゃみが聞こえた。

箱の中の隼

1

三月も半ばだというのに、街の空気はまだまだ冷たい。

吹き下ろしの風に逆らって、横浜線の成瀬《なるせ》駅から延びる坂道をようよう上りつめてきた私の身体《からだ》はすっかり冷え切っていた。腕時計を覗《のぞ》き込むと、時刻は午後二時五十分。ちょうどティータイムの頃合いに目的地に到着しつつあるのは、偶然などではなく、移動時間を正確に計ってきた結果だった。右手には、出がけに近所の和菓子屋で買ってきたおみやげの袋がぶら下がっている。この中身を見たら、きっとあの二人は大笑いしてくれることだろう。私もたまには面白いことをやるのだという事実を、彼らはこれから思い知ることになる。

行く手にグリーンフラットの構えが見えてきた。アパートのアーチをくぐり、１０１号室の前に立つ。

『真備《まきび》霊現象探求所』

旧友、真備庄介《しょうすけ》の構えた事務所だ。私がこうしてときおりここを訪れる目的は三つある。一つは、畏友《いゆう》の口から語られる珍奇な四方山《よもやま》話を聞くため。一つは、彼の助手である北見凜《きたみりん》の顔を見るため。もう一つは、凜の淹《い》れてくれる『豆のにしかわ』のスペシャルブレンドを飲むため。

ドアの前で髪の毛をちょっと直し、ついでにズボンのチャックが閉じていることを確認してから呼び鈴を押した。インターフォンから返事が聞こえてくるまで、しばらくかかった。

『……はい？』

おや、と思った。いまのはたしかに凜の声だが――やけにつっけんどんな調子だ。トイレにでも入っていたのだろうか。

「あの、道尾《みちお》です。久しぶり」

『ああ……』

凜の反応に驚いて、思わず首を突き出した。

いまのはいったい、どうしたことだ。いかにも「なんだ道尾か」といった感じの抑《よく》揚《よう》。――そのことに自分でも気づいたのか、凜はすぐに声を明るくしてつづけた。

『ちょっと待っててくださいね、いまあけますから』

ドアがひらかれた。室内の暖かい空気とともに現れる凜の顔が、いつもと同じくにこやかなものであってくれという私の期待は即座に裏切られた。彼女の表情は、インターフォン越しの「ああ……」を完璧に具現化していた。――そしてそのことに、またも凜は遅れて気づいたらしく、さっと唇の両端を持ち上げて微笑してみせる。

「道尾さん、お久しぶりです」

「うん、二ヶ月ちょっとぶりかな」

ジーンズにパーカーという、いつもどおりのラフな格好をした凜は、半身になって私を室内に通した。

「あれ、真備は仕事中?」

リビングの奥にある彼の仕事部屋は、ドアがぴっちりと閉じられていた。

「ええ、そうなんです――わ」

何か言葉をつづけようとしたが、凜は途中で口をつぐんだ。いまにして思えばあれは「私もです」と言おうとしたのだろう。

「北見さん、髪の毛、また切ったんだね」

冬の事件で会ったときには肩まで届いていた凜の髪が、少し短くなっていた。

「え？　ああこれ、はい」

耳の横に片手を持っていく凜の仕草は、そうする時間ももったいないというような、ものすごく素早いものだった。ついで彼女は早口で訊《き》く。

「コーヒー淹れますか？」

断ってくれと言わんばかりの訊き方だった。

「あ、いいよ、自分でやるから。もしかして北見さんもあれかな、忙しいのかな」

「ええ、じつはいまちょっと……」

「僕のことは気にしないで、仕事つづけて」

「すみません」

軽く頭を下げるなり、凜は遠慮なく真備の仕事部屋に入ってドアを閉め、私は広々としたリビングに一人ぽつんと取り残された。仕事部屋の中から、真備と凜が短い言葉を交わすのが聞こえてくる。凜が真備に私の来訪を伝えているのだろう。真備が部屋から出てきて「やあ」と自分に笑いかけることを期待したが、そういうことはなかった。

「さて、コーヒー、コーヒー……と」

キッチンでお湯を沸かし、ソファーに座って一人でコーヒーを飲んだ。すると仕事部屋のドアがあき、中から真備が忙しそうに現れた。足早にリビングを横切りながら、ちらりと私を見下ろす。

「きみはいつもここへ来るとき、事前に連絡というものをしないんだね」

「ああ、どうもうっかりしちゃってさ。まあべつに、とくに用事があるわけでもな――」

私の言葉が終わらないうちに、真備はトイレに入っていった。

しばらくすると、水を流す音がして、真備がトイレから出てきた。急いで話しかけないとすぐにまた仕事部屋に戻ってしまいそうだったので、私は腰を浮かして言葉をかけた。

「何だ、ずいぶん忙しそうじゃないか」

「来月発刊の本の内容に、ちょっとした問題が出てきてね。その直しに追われてる。あれは僕のミスじゃないんだけどなあ……」

真備は中性的な顔を歪《ゆが》めて髪を掻き回した。この事務所を開設して以来、彼は霊現象と呼ばれるものについての本をもう何冊も出版していて、その筋ではちょっとした有名人なのだ。

「そうか、そりゃ災難だな。で、北見さんはその手伝いってわけ？」

「いや、彼女は確定申告の帳票整理だよ。明日が提出期限だからね。べつに一日くらい遅れても税務署は対応してくれると僕は言ったんだけど、彼女は根が真面目だから――ところで道尾くんは終わったのかい？」

「何が？」

「申告」

「ああ。僕のほうは整理する帳票類が少ないからね。申告なんて楽なもんさ。いつも早々と終わらせちゃうよ」

これは自慢にも何にもならない。要するに生活の方便《たずき》である小説の執筆が、上手《うま》い結果を生んでいないだけの話だ。

「しかし真備、きみの事務所は毎年こんなにぎりぎりになってから申告してるのか？」

「いや。うちも、いつもは年が明ける前に北見くんが準備をはじめてくれて、二月の半ばには申告を済ませてしまうんだけどね。今回はほら、年末に例の件があったから」

「ああ……」

去年の終わりに私たちが巻き込まれた、あの事件のことだ。滋賀県の山間《やまあい》に構えられた仏所《ぶっしょ》。無数の仏像に取り囲まれた奇怪な閉鎖空間。そこで失われた命。

「あの事件のファイルを整理するのに、北見くんが手間取っていたんだよ。仏像の種類やら人間関係やら、やたらと複雑な事件だったからね。だから今年は確定申告の準備が遅れて、こんな状況になっているというわけさ」

説明を終えるなり真備が仕事部屋に戻ろうとするので、私はすぐさま口をひらいた。

「そうだ、仏像で思い出したよ。じつはちょっと面白いおみやげを持ってきたんだ」

尻の脇に置いておいた和菓子屋の袋を取り上げ、中から紙包みを抜き出す。

「ほらこれ——なんと、仏像もなか！」

この気の利いた冗談に、私は真備が声を上げて笑うものと思っていた。何だ、道尾くんもなかなかやるじゃないか。あの陰惨な事件を冗談にしてしまうなんて、けっこうなエンターテイナーじゃないかと。しかし違った。真備は「ああ仏像」と言って片頬をちょっと持ち上げてみせただけだった。

「僕は甘いものは遠慮しておくよ。北見くんは喜ぶだろうけど、いまはそれどころじゃないだろうな」

その声は徐々に遠ざかっていき、仕事部屋のドアが閉まると同時にすっかり消えた。

玄関の呼び鈴が鳴ったのはそのときだった。

2

ソファーから立ち上がり、私は玄関へ応対に出た。忙しい真備と凜の仕事を中断させるべきではないと考えたのと、やることがまったくなかったからだ。

「突然申し訳ありません。真備先生にご面会願えないかと思いまして……」

ものすごい美人だった。

歳の頃は二十代半ばか。白いワンピースに白いハンドバッグ、そして白い肌。それらの白に対し、世の中にこれほど対照的なものがあろうかというほど黒く艶やかな髪が、左右の細い肩に流れている。前髪は眉《まゆ》の前で綺麗《きれい》に切り揃《そろ》えられ、その下には理知的な瞳。非常に整った鼻筋。薄い唇。――その唇が私の目の前で途惑《とまど》うように隙間《すきま》をあけ、同時に、小さな顔が僅《わず》かに右にかしいだ。

「あの……？」

若葉の上を透明な水滴が転がっていくような声だった。

「あ、ごめんなさい……え、面会ですか？」

「はい。もしお時間がおありでしたら」

彼女は軽く瞬《まばた》き、控えめな上目遣いで私を見た。私は返事も忘れて彼女の顔を見つめた。いつまでも。いつまでも。……が、最後には我に返って踵《きびす》を返すと、夢の中を泳ぐように真備の仕事部屋へと向かった。ノブに手をかけようとしたところで中からドアがあき、凜が首を突き出す。

「お客さんですか？」

「そう、面会したいって。でもいま、あれだよね……」

凜の肩越しに室内を覗き見た。真備は大きな木製デスクに覆い被《かぶ》さるようにして、ゲラらしい紙の束と数枚の写真とを熱心に見比べている。

「とりあえず私が――」

凜が玄関先に向かった。

「お客さん、誰だった？」

真備が振り向きもせずに訊いてくる。私は素早く彼の傍らに近づくと、低い声で「美人だ」と囁《ささや》いた。

「ビジンダ――外人？」

「違うよ、綺麗な女性って意味のビジンダだ。いや美人だ」

そんなやりとりをしているうちに凜が戻ってきた。

「先生、ラー・ホルアクティの、野枝《のえだ》ひかりさんっていう方がいらしてます」

野枝ひかり――なんて美しい名前だろう。しかしその前の、ラーなんとかというのはいったい何だ。

「ラー・ホルアクティか……」

真備は首を垂れ、苛立たしげに額《ひたい》を擦《こす》った。どうやらその言葉に心当たりがあるらしい。私がそれについて訊《たず》ねようとしたら、彼はくるりと回転椅子を回して振り返った。

「道尾くん。きみ、退屈してるんだよね？」

私は一瞬迷ったが、最前からの二人の冷たい対応にささやかな抗議をする意味も込め、正直にうなずいた。すると真備はおもむろに椅子から立ち上がり、私たちの脇をすり抜けて足早に玄関へと向かった。私と凛は顔を見合わせ、そのあとにつづく。真備は野枝ひかりという訪問者に馬鹿丁寧な挨拶《あいさつ》をしているところだった。

「どうぞ、どうぞこちらへお上がりになってください。我々はいまちょっと書類整理で立て込んでおるものですから大したお構いもできかねますが、幸い真備のほうは手が空いております。さ、どうぞこちらへ」

私は真備が狂ったかと思った。

「ところで野枝さん、じつは真備は深夜番組なんかにときどき出演しているのですが、ご覧になったことは？　あ、おありじゃない？　いえいえ、大丈夫です、問題ありません」

彼は野枝ひかりをリビングのソファーに誘《いざな》うと、いきなり私の腕をとって彼女の前に突き出した。

「いま真備がコーヒーを淹れてくれます。では我々事務員はこれで失礼させていただきますので――じゃ、北見くん、あとは真備先生に任せて僕たちは仕事をつづけようか」

「え、あの……」

「ぼんやりしてると申告が間に合わないよ。ほら入って入って」

凛はちらりと私に視線を投げ、ちょっとだけ申し訳なさそうな表情をつくったかと思うと、従順に真備の指示に従って仕事部屋へと入ってしまった。すぐさま真備がドアを閉める。

私がまず最初にとった行動はもちろん、慌てて仕事部屋に向かい、ドアのノブを引っ摑《つか》んで回したことだった。しかし、ドアには鍵がかけられていた。私はドアと木枠の隙間に口をつけて抗議する。

「おいま」

きび、と言う前に、部屋の中から真備のくぐもった声が飛んできた。

「たまには僕を助けてくれてもいいだろう」

何も言えなくなった。

そう、たしかに私はいつも真備を頼っている。彼に助けられてばかりいる。これまで恩返しらしいことをした憶《おぼ》えはまったくない。しかしだからといってこの仕打ちはどうだ。いや待て。これは案外、仕打ちなどではないのかもしれない。真備はからかい半分に、私に気を利かせてくれたのかもしれない。なにしろ相手は美人なのだ。そして私はいま退屈している。

振り返り、私は野枝ひかりに向かって微笑《ほほえ》んだ。

「よくいらっしゃいました」

半分焼けクソだった。

3

「お電話では何度か失礼をいたしました……」

ソファーに腰を下ろした野枝ひかりは、静かに頭を下げ、ローテーブルに名刺を一枚差し出した。私は彼女と向かい合って長椅子に座り、曖昧《あいまい》にうなずいた。

「ああ電話で。そう、たしかに、ええ」

適当な言葉を返しながら彼女の名刺に目を落とした瞬間、ぎくりとした。

「宗教法人……」

名刺の上部に、こちらを向いた鳥が翼を広げたような図案のマークとともに、「宗教法人ラー・ホルアクティ」という金文字がきらびやかに箔《はく》押しされている。しかもその法人名の下、彼女の肩書きの部分には「ヌト」という、明らかに信者の階級めいたものが印刷してある。私はすっかり気が動転してしまった。べつに偏見を持っているわけではないのだが、じつのところ私はそういった、神だの信仰だのに傾倒している人々と話をするのが大の苦手なのだ。ただでさえ口下手なのに、自分の理解が及ばない事柄を相手に滔々《とうとう》と語られたりすると、もうどうにも頭も舌も回らなくなってしまい、心臓がばくつき、脇に汗が垂れ、胃痛をおぼえたり、実際の根拠もなく便意を催したりしてしまうのだ。

野枝ひかりは不安げに私を見た。

「私《わたくし》どもが法人資格を取得していることは、お電話でお話ししませんでしたでしょうか？」

どうやら「宗教法人……」などと呟《つぶや》いてしまったのがまずかったらしい。私はぷるぷると首を振った。

「いえあの、ちょっと名刺を読んでみただけです、大丈夫です。ええと、ところでこの、ヌトというのは……何でしたっけ？」

「私どもではエジプトの原始宗教におけるヘリオポリス九柱神の名を借り、幹部を上位からラー、ヌト、ゲブ、シュー、テフネト、イシス、オシリス、セト、ネフティスのステージに身を置くものと位置づけております」

来たと思った。やっぱり来た。

私は相手の言ったことをさっぱり理解できなかったが、敢えて何も訊ねなかった。咳払いを一つして長椅子から立ち上がる。

「とりあえずあれです、コーヒーでも淹れます」

「あ、でも」

「そうしましょう、コーヒー飲みましょう」

彼女が何か言いかけるのを遮《さえぎ》って私はコーヒーの支度をはじめた。そうしながら、この場を上手く切り抜ける方策をじっくりと練ってみるつもりだった。しかし、頭はすっかり動きが鈍くなっていて、それでいてコーヒーを淹れる手つきはやたらと速くなってしまったものだから、何の考えも浮かばないうちに私はドリップした薫り高いコーヒーを二つのカップに注ぎ終えてしまった。

「……どうぞ」

「すみません」

「お砂糖、これ」

「恐れ入ります」

私たちはふたたび向かい合った。

口数の少ない私を前に途惑っているのか、野枝ひかりもまた落ち着かない様子だった。頬に手をやったり、スカートの裾を伸ばしたりしながら、なかなか用件を言い出さない。いや、もしかしたら彼女は、すでにこちらが用件を承知していると思っているのだろうか。何度か電話で真備と話したというのだから、その可能性は大いにある。私が何か言うのを待っているのかもしれない。

「あの、コーヒーをどうぞ」

とりあえずそう声をかけると、彼女はびっくりしたように視線を上げ、それから申し訳なさそうに首を横に振った。

「すみません。じつは、駄目なんです。コーヒー」

「あ、そうですか。ごめんなさい、僕、知らなかったもんで」

「いえ、どうぞお気になさらず」

「いま何か別の飲み物……」

言葉を切り、私はぽかんと口をあけた。コーヒーは駄目と自ら言ったはずの彼女が、その同じ口で、すごく美味《おい》しそうにカップのコーヒーをすすったかと思えば、ほっと満足げな表情を見せたからだった。私はますます頭の中がこんがらがった。

彼女はもうひと口コーヒーを飲むと、自分の腕時計を覗き込み、思い切ったように口をひらく。

「それであの、ご見学の件なのですが」

「ご見学……?」

彼女がまた不安げな表情を見せたので、私は急いで言葉を添えた。

「ああ、見学。ええわかってます」

すると彼女は口の中で「え」と声を洩《も》らし、欣然《きんぜん》と目を見ひらいた。

「よろしいんですか?」

「よろしい?」

「ええ、ですから、先生に私どもの教団本部をご見学いただくというお話です。ご了解いただけたと考えても？」

「はっ……いや、まあ」

私が顎《あご》をカクカクさせ、尻をもぞもぞさせていると、彼女は両手をスカートの上に揃えて丁寧にお辞儀をした。

「ありがとうございます」

その口調が驚くほど力強く、本心からの感謝が込められているようだったので、私はしまったと思って言葉をつないだ。

「でもあれですよ、まだちゃんと決めたわけじゃないですよ。ええ、そりゃ興味はありますけどね。しかしだからといって――」

「ご興味を……」

ゆっくりと上げられた彼女の顔は、驚愕と喜びに満ちあふれていた。両目が微《かす》かに濡れ、天井の蛍光灯をきらきらと映している。

「真備先生が、私どもに、ご興味を……」

そして彼女は、ふたたび私に頭を下げたのだった。

「ほんとうに、ありがとうございます」

それからしばらく無言の時間がつづいた。私は困惑の極みに立たされていた。

野枝ひかりがまた腕時計を覗き込む。私もつられて壁の時計に目をやった。三時三十五分。彼女がここへやってきてから、そろそろ三十分ほど経《た》つだろうか。

「あの、私、そろそろ失礼を」

彼女は脇に置いていた白いハンドバッグを摑むと、ソファーから立ち上がろうとした。

「いやちょっと、ちょっと待ってください！」

私は慌てて引き止めた。このままだと、真備がラーなんとかにご興味を持ち、その教団本部をご見学する約束をしたようなことになってしまう。

「まき、じゃなくて事務員に、予定というか、いろいろとあの、訊いてみないといけませんものですから」

「でも私……」

「ちょっとでいいんです。ね、ちょっとで。どうかそのまま座っていてください、そのまま。お願いします」

そのときだった。野枝ひかりがいきなり口許《くちもと》を手で押さえ、苦しげに咳き込みはじめた。こん、こん、おほ、うっふ——彼女はつづけざまに激しい咳を繰り返し、その合間にぜいぜいと息を吸い込む。

「あのだ、大丈夫で……？」

私は思わずローテーブルを回り込み、彼女の両肩に手を添えた。

「ええ……だい、ごほ……あっほ……大丈夫です」

すぐに、彼女の咳は収まった。呼吸はしだいに規則正しいものへと戻っていき、紅潮していた顔も、またもとの白さを取り戻した。

「じゃあ、事務員にちょっと、あれしてきますので」

私は真備の仕事部屋をがんがんノックした。鍵の回る音がしたので、すぐさま中へ入ってドアを閉める。鍵をあけてくれたのは凜だった。私は彼女の脇を過ぎ、デスクに向かっている真備に顔を寄せて囁いた。

「まずいぞ。きみが今度ラーなんとかの見学に行くことになったかもしれない」

すると真備はちらりとこちらに顔を向け、驚くべきことを口にした。

「僕じゃなくて、きみだろ？」

「いや僕じゃないよ、きみだ」

「相手はきみを僕だと思っているんだから、いまさら僕が見学なんかに行ったらおかしなことになるじゃないか」

いまの状況以上におかしなことなどあるだろうか。

「それにほら、いい暇つぶしになるかもしれないよ。退屈していたんだろう？」

「まあ、そりゃそうだけども……」

「行ってみなよ。案外、つぎの小説のネタでも手に入ったりするかもしれないし」

それもそうだな、と私は思った。

思ってしまった。

「べつに僕のふりをして宗教団体を見学したところで、『ああなるほど、だいたいわかりました。ではさよなら』でいいんだからさ。あとで何の責任を負うこともない。そんなに身構えないでも平気だよ」

真備は胸元で指を三本折る。

「暇つぶし、小説のネタ、そして美人。きみにとっては願ったり叶《かな》ったりじゃないか。あの人、きみのタイプなんだろ？」

彼がそう言った瞬間、目の端で、凜がさっと顔を上げて私を見たのがわかった。それは単に「へえ」というくらいの意味だったのかもしれないが、私は過剰に反応して激しくかぶりを振った。

「僕はべつにタイプだなんて言ってない。ビジンダ——美人だって言っただけだ」

「同じようなものじゃないか」

そっと凜のほうを窺《うかが》う。彼女は私たちの話に興味を失くしたらしく、手にした書類にじっと見入っていた。そんなに忙しいのか。

私は考えた。熟考というほどではないが、どうしようかなと考えた。そのうちに、なんだかだんだんと破れかぶれの気持ちになってきた。

「何かきみに、迷惑がかかることになっても知らないからな」

真備にそう言うと、私はわざと大きく息をついて仕事部屋のドアを出た。リビングでは野枝ひかりが、ハンドバッグを胸に抱えて所在なさそうに立っていた。

「お待たせしました。見学、平気そうです」

「ほんとですか？」

「ええ」

「いまからでも？」

「は？」

野枝ひかりは黒目がちの大きな目で私を見つめていた。私はその瞳に完璧に魅入られ、ごくりとつばを呑んだ。フィクションでよくあるこの仕草を、まさか自分が実際にやるときが来るとは驚きだった。

「もち……もちろんです」

口が勝手に答えていた。

野枝ひかりは感極まったように肩を震わせると、私に向かってまたも深く頭を下げ、いくつもの感謝の言葉をつづけざまに口にした。

「では参りましょう、真備先生」

「あ、は、行きましょう」

私たちが玄関を出ようとしたとき、かちゃりと仕事部屋のドアのひらく音がした。振り返ると、ドアの隙間から首を覗かせていたのは凜だった。不安げな表情をしている。

「…………」

凜の唇が微かにひらき、何かを言いかけた。しかしそのとき私の中で、少々意地悪な気持ちが頭をもたげた。今日はさんざん冷たくされたのだ、一度くらい仕返しをしてやっても罰は当たるまい。

「さ、野枝さん」

私は凜を無視し、野枝ひかりのために玄関のドアを支えてやった。彼女につづいてドアを出る。

「あちらです、真備先生」

アパートのアーチを出ると、野枝ひかりは私を道の右手に連れていった。駅の方角ではない。バス停も、たしかそちらにはなかったはずだ。タクシーをつかまえるのだろうか。それとも彼女は車を運転してきたのだろうか。あるいは教団本部というのは、ここから歩いて行ける距離にあるのだろうか。

すべて外れだった。

道路脇に、一台の白いセダンが停められていた。運転席と助手席には、それぞれ中年の男が乗っていた。あまり人相のよくない、がっしりとした体つきの二人で、どちらも真っ白なスーツに身を包んでいた。

4

そして、私は宗教法人ラー・ホルアクティの教団本部へと運ばれた。そう、まさに運ばれたという表現がぴったりの移動だった。べつに荒っぽいことをされたわけではなく、運転席の男と助手席の男はいずれも一貫して無言だったのだが、彼らの大きな背中が発散する空気というのか、雰囲気が、もうお前を逃がさないぞというようなメッセージをビシビシ私に伝えていたのだ。野枝ひかりは私の隣に座っていた。彼女は移動中、私にあれこれと自分たちの教団についての説明をしてくれた。しかし彼女の様子は、先ほど真備の事務所で見せていたものとはがらりと変わっていて、堅苦しい、事務的な口調と態度に終始していた。私はにわかに不安をおぼえ、意味のほとんどわからない彼女の説明に顎を硬くしてうなずき返しながら、そっとコートのポケットに右手を差し入れた。

「――ですので、ラー・ホルアクティというのはそもそもラーとホルスが習合した神の名なのです。ラーは太陽神、ホルスは創造と天空を司《つかさど》る神で、その目はそれぞれ太陽と月であると解釈されています。ホルアクティというのは『地平線のホルス』という意味で、ホルスが太陽でありまた月でもあるということから、この言葉が生まれたのです。

つまりラー・ホルアクティというのは——どちらへおかけになるんです？」

「あ、いやべつに……」

私はこっそり真備のメモリーを呼び出していた携帯電話を、慌ててコートのポケットに戻した。彼女はふたたび説明をつづける。

「つまりラー・ホルアクティというのは、太陽神でありながら月としての一面も持っているという、この世界で最も神聖かつ雄大な神なのです。根源であり、極限でもあるのです。私どもはこのラー・ホルアクティこそを絶対神とみなしております。——真備先生、ご理解いただけましたでしょうか？」

こんな説明、一度聞いたくらいで理解できるわけがない。しかしそれを正直に答えたら、同じ話をもっと丁寧に繰り返されそうだったので、私は顎を引いて「ええ」とうなずいた。すると野枝ひかりは唇の両端を持ち上げ、艶然《えんぜん》と微笑んだ。

「真備先生には、きっとご理解いただけると思っておりました」

車窓に映る景色から、だんだんと高い建物が消えていく。真備の事務所を出て二時間ほどが経ち、このまま無人の国にでも連れていかれるのではないかと思いはじめた頃、私たちを乗せたセダンはとうとう目的地に到着した。ひどい山奥だった。そこがいったいどこなのか、道に疎《うと》い私にはさっぱり見当がつかなかったが、途中まで落日に向かって走っていたことから考えるに、おそらく山梨県あたりだろうと判断した。

私たちは車を降りた。風に土と草の匂いを嗅《か》ぎながら首を回すと、夕焼けた山々をバックに、場違いとも言える大きな建造物がどっしりと構えているのが見えた。真っ白で四角い建物。まず目につくのは、外壁の前面上部に掲げられた金色のモニュメントだ。意匠は、野枝ひかりの名刺にあったマークと同じで、こちらを向いた鳥が大きく翼を広げているというものだった。建物には窓がほとんどなく、そのモニュメントばかりがやけに目立っていて、まるで巨大な豆腐に馬鹿でかい鳥がとまっているように見える。

「あれは隼《はやぶさ》です。ラー・ホルアクティは隼の頭を持つと伝えられているのです」

野枝ひかりが教えてくれた。


なかば予想はしていたが、ラー・ホルアクティの教団本部の中は、壁も床も天井も真っ白だった。そして、白い人々で満ちていた。べつにユニフォームのような揃いの服を着ているというわけではなく、ジーンズを穿《は》いた中年男性もいればチノクロスのパンツを穿いた若者もいる。スカートにトレーナーの女性もいるし、車に同乗してきた二人のように、きっちりとスーツを着込んだ男性もいる。ただ、彼らの着ているものすべてが、完璧に白一色なのだった。

「白は太陽の光を表すカラーなのです。白いものを身に着けることで、私たちはラー・ホルアクティの御力《みちから》を常に体内に取り入れることができます」

「ははあ……」

胃が重たくなった。これだから宗教は苦手なのだ。みんな同じというだけで十分に奇妙だというのに、大抵の場合、そうしている根拠まで奇妙なのだ。着ている服の色がどうやって神の力を体内に取り入れてくれるというのか。染料の成分と神がどう関係しているというのか。――そんな私の思いを察したのか、野枝ひかりがぽつりと言った。

「私も、はじめは抵抗がありました」

「白い服に？」

「ええ。でも、教義に従って実際にやってみると、それほどの違和感はありませんでした。入信する前に働いていた職場で、やっぱり毎日白い服を着ていたせいかもしれません」

「白い服というと――」

「看護師をしていました」

そのときに出会っていればよかった。

私と野枝ひかりは、入り組んだ教団本部の中を巡った。信者たちの視線が、それとなく私たちを追ってくるのがわかった。そういえば同行していたはずのスーツ姿の二人組は、いつのまに消えたのだろうと背後を見やると、ちゃんとついてきていた。

「真備先生」

野枝ひかりが呼んだ。それが自分の名前でないものだから私はうっかり返事をしはぐってしまった。

「――先生？」

「は、あはい？」

「先生は、まだラー・ホルアクティの御力をまったくお信じになっておられませんね」

「いや、ええと……どうなんだろ」

私がうやむやに首をひねっていると、彼女はとりなすように言葉を添えた。

「いらしたばかりでは、無理もありません。ご安心ください、はじめはみなさん同じです。実際にご自分の目で確認することもなく、すぐさまラー・ホルアクティの御力を信じてしまったとしたら、それはただの妄信です。けっして信仰などではありません」

信仰。はじめはみなさん同じ。

それらの言葉に、私はなにやら危うい気配を感じた。

「ラー・ホルアクティの御力の一端を、先生にお見せいたします」

野枝ひかりは廊下の角を折れてしばらく進み、ある部屋の前で立ち止まった。入り口は引き戸になっていて、その向こうからがやがやと人声が聞こえてくる。

「ここは、いわゆる娯楽室のようなところです」

「あ、そんな場所もあるんですか」

「ございますとも。この教団本部にいる信者たちは、私を含め、全員がこの建物内で寝起きしております。通いの者はおりません。さすがに私どもも、まさか一日中修行をしているというわけには参りませんでしょう？」

野枝ひかりは戸を引いた。そこは十畳ほどの座敷だった。座卓を囲み、老若男女が談笑している。座卓も畳も真っ白だが、こんなもの、いったいどこで売っているのだろう。

中にいた人々は、野枝ひかりの顔を見ると揃って「おお」とか「ああ」というような声を洩らして会釈をした。

「古瀬《ふるせ》さん」

野枝ひかりは近くに座っていた一人の老人に声をかける。古瀬と呼ばれた老人は嬉々《きき》として膝《ひざ》を立て、読んでいた文庫本を片手にひょこひょこと近づいてきた。白いスウェットの上下を着ていて、左胸になにやら四角い白布が縫いつけてある。はじめは名札か何かかと思ったが、よくよく見てみると、その白布はスウェットの胸にプリントされたメーカーのロゴを隠してあるのだった。どうも、一箇所でも白くない部分があるとまずいらしい。

「何ぞ、私に？」

古瀬老人は野枝ひかりに顔を向けた。腰が曲がっているので、ずいぶんと下から見上げるかたちになる。

「こちらは真備先生とおっしゃる方です。先生がまだラー・ホルアクティの御力をお信じになっていらっしゃらないご様子なので——古瀬さんの口から直接、体験談を聞かせて差し上げるのがよろしいのではと思いまして」

古瀬老人は「ああ」と相好《そうごう》を崩し、首を突き出すようにして何度かうなずいた。

「こんな入れ歯の口からでよろしければね、いくらでもええ、お話ししますとも」

そして彼はくるりと私に顔を向け、待ちきれないというように、すぐさま妙な演説口調で語り出したのだった。

「私がここへ入信いたしましたのは、それほど昔のことではございません。ほんの半年前のことでございます。妻に先立たれ、生きる気力を失くしていた私は、何か自分の生活に潤いをもたらしてくれるものはないだろうかと模索しておりました。そこでふと思いついたのが、若い頃から好きだった推理小説を片っ端から読み直してみたらどうだろうということでした」

いったい何の話だ。

「本というものは、再読することによって、書かれた物語のみならず、それを読んだときの自分自身をも思い出すことができると、どこかで聞いたことがあったのです。若い頃のこと、妻と出会った頃のこと、娘の誕生、平穏な子育て、ああそして彼女の嫁入り――」

巾着《きんちゃく》のように唇をすぼめ、古瀬老人は深々と息を吸う。

「私の思いつきは成功しました。古い推理小説をつぎつぎ読み直していくうちに、私の心の中には数々の思い出が、めくるめく夢のようによみがえって参りました。私の心は人生の悲喜をふたたびくぐり抜け、潤いと活力を取り戻してくれました。――ところがです」

と、ここで古瀬老人は急に哀しげに眉尻を下げた。

「もともと老眼だったこの両目が、一年ほど前から、とうとうくたびれ果てて参りました。ものが、よく見えんようになってきたのです。私は途方に暮れました。どうすればよいものかと悩み、考えあぐねました。そんなとき、さる知人からこのラー・ホルアクティのことを聞いたのです。私は半信半疑ながらも、太陽の御力にこの身をゆだねてみるのもいいのではないかと考え、ここへやってきました。そして、日々教義に従って修行をつづけたのです。私の一番の願いは、自分の目がふたたびよくなってくれることでした。長寿などにもう興味はありません。私はただただ、もう一度、もう一度だけ大好きな推理小説をすいすい読みこなしてみたいと、それだけを願っていたのです。――すると！」

古瀬老人は驚いたような声を上げた。

「ふた月ほど前のことでした。ラー・ホルアクティは私の願いをとうとう聞き入れてくださいました。この両目が、突然よくなったのです。本の文字も、新聞の文字も、急にはっきりと見えるようになったのです。拡大鏡も眼鏡も、もう私には必要ありません。ありがたいことです。ほんとうに、ほんとうにありがたいことです……」

声を掠《かす》れさせて話を終えると、彼は口の中で奇妙な呪文《じゅもん》めいたものを呟き、それから幸せそうに微笑んだ。

　私は古瀬老人の体験談を聞いて、へえと感心していた。実際にこんなことが起きるものなのかと。――べつに神の力を信じたというわけではない。きっとこれは、一種の偽薬《プラシーボ》効果のようなものなのだろう。神の力を信じて日々祈っているうちに、たとえばルルドの泉に浸《つ》かって重病が治ったり、おまじないでイボが取れたり、あるいは癌の特効薬だと偽って服《の》ませたビタミン剤が実際に治療効果を発揮してしまうように、彼の目もよくなったのに違いない。

5

「よい例だけをお見せするのは、フェアではありません。ときにはラー・ホルアクティの御力が及ばないこともございます。真備先生には、もう一人だけ、私どもの信者にお会いいただきます」

　野枝ひかりは私を別の一室へと案内した。閉じられた片びらきの扉をノックするとき、彼女の横顔に走った微かな緊張に私は気がついた。――ノックに応じ、扉が細くひらかれる。そこから顔を覗かせたのは、疲れきったような表情をした、三十代半ばくらいの痩せた女性だった。

彼女の背後に目をやり、私はおや、と思った。部屋が暗かったのだ。これがどこか別の建物であれば、電灯の点《つ》いていない部屋を見たところで何の違和感もおぼえなかったのだろうが、どこもかしこも皓々《こうこう》と照明が行き届いているこの教団本部においては、真っ暗なその場所は一種異様な感じがした。

暗がりの中で、誰かが咳をしている。

これは、子供の咳だ。

「あこちゃんの様子は、どうです？」

野枝ひかりは女性に訊ねた。女性は陰鬱《いんうつ》な表情で廊下へ出てくると、後ろ手でそっと扉を閉めた。

「相変わらず、光を嫌います。光を受ける以外にセトを祓《はら》う方法はないと、言い聞かせているのですが……」

「熱は？」

野枝ひかりの質問に、母親らしい女性は首を横に振った。野枝ひかりは深刻げな顔で母親の背後に回り、部屋の扉を細くあけて中を覗き込む。苦しげな子供の咳が、また聞こえてきた。暗い部屋の中に、ひと組の布団が敷かれているのが見える。そこに寝ているのは、四歳か五歳くらいだろうか、非常に可愛らしい顔立ちの少女だった。

「あの子は、へムに可愛がられていたのに、どうして……」

母親が両手で顔を覆い、絶望にかられたような長い息を吐く。

「ヘムの抱擁を受けて、あんなにラー・ホルアクティの御力を注いでいただいたというのに……どうしてセトに……」

私は室内の少女をじっと観察していた。ひどい風邪でもひいてしまったのか、断続的な咳を繰り返す彼女の顔はうっすらと汗ばみ、それでいて布団の端から覗く小さな両肩は細かく震えている。なんだか心配になり、もっとよく見てみようと、そっと目の前の扉を押しひらいた。廊下の光が斜めに射《さ》し込み、少女の顔を照らす。そのとき、野枝ひかりと母親が背後で同時に短く声を上げた。それは、私に対して警告するような、恐怖に戦《おのの》くような、そんな声だった。私は二人を振り返った。——その瞬間。

「やだあああああああ！」

それが少女の叫び声だということに、私はすぐには気づかなかった。とても病床の子供が発する声とは思えなかったのだ。それほどまでに、その叫びは大きく、甲高《かんだか》く、ひび割れていた。室内を見やる。少女は醜く顔を歪め、怒りに満ちた目で私を睨《にら》み上げていた。私が何か言葉を発する前に、彼女はいきなり傍らにあった置き時計を両手で摑み上げると、まるで自分を喰い殺そうとしている化け物に反撃するかのように、渾身《こんしん》の力でそれを投げつけてきた。置き時計は部屋の入り口の壁に激突し、いくつかの部品と破片を散らして落下した。

「扉を閉めてください、早く！」

野枝ひかりが鋭く声を上げる。私は扉のノブを引っ摑んで手前に引いた。どん、と扉の内側に何かが投げつけられる音。がん、とさらにもう一度。――そして、静かになった。

「いまの、あの子は……」

突如として生じた奇怪な事態に、私は上手く言葉を発することができなかった。

「信仰が足りなかったのです。あの子自身の……あるいは、私の」

母親が目を閉じて声を震わせる。

「ラー・ホルアクティの御力を、あの子の身体に取り入れることができなかったせいで、セトが入り込んで……光を怖れるように……神聖な光を……ヘムが導いてくれた光……」

言葉をつづけながら、だんだんと彼女の声は細くなっていき、そのうちに、とうとう何を言っているのだか聞き取れないほどになってしまった。

「真備先生、行きましょう」

野枝ひかりが私の袖《そで》を引く。

「え、でも……」

顔を覆って震えている母親をその場に残し、私は仕方なく彼女のあとにつづいた。私たちの後ろから、例の二人の男もついてくる。

「野枝さん、あの子、大丈夫なんですか？　さっきのあれは何だったんです？」

「あこちゃんは、あの母親と二人で二年前にここへ入信してきました。元気な子だったのですが、先週から急にあのようになったのです。光を嫌い、ちょっとしたことで激怒するようになりました。驚かれたでしょう？」

「驚くも何も、あの様子は尋常じゃないですよ。さっき、あのお母さん、セトが入り込んだとか何とか言ってましたけど？」

「セトは、赤い髪と赤い目を持つ、悪と夜の神の名です」

そんなところだろうとは思っていた。

「野枝さん、差し出がましいようですけど、あの子はちゃんと医者に診《み》せたほうがいいのでは？」

「私も、そうしようと思いました。でも母親が頑として聞かないのです」

「しかし、あんな状態で放っておくというのはさすがに――」

「こちらです」

野枝ひかりは私の言葉を遮って廊下の角を折れる。私はもう一度だけ、あの少女を医者に診せるべきだと言ったのだが、彼女は小さくかぶりを振るだけで何とも答えてはくれなかった。

「これから真備先生を、ヘムのところへお連れいたします」

野枝ひかりは前を向いたまま言う。ヘムというのは、先ほどの母親の口からも何度か出てきた単語だ。その単語の意味するところを、私はなんとなく予想できていた。

「ヘムっていうのは——あれですか、この教団の教祖さんみたいな？」

「教祖ではありません。私どもの代表です」

そのあたりの言葉づかいの違いは、私にはわからなかった。興味もなかった。

「ヘムは古代エジプトの神官を表す言葉で、『召使い』という意味があります」

野枝ひかりは私をひときわ長い廊下へと導いた。その先に、白くて大きな両びらきの扉が見える。ここまで歩いてきた感覚からして、どうもあそこはこの広大な建物の最奥部にあたるようだ。

扉の前に立つと、彼女はくるりと背後を振り返り、二人のお供に告げた。

「ここまでで結構です」

二人はぴたりとその場に足を止め、踵《かかと》を揃えて一礼する。

「では真備先生、参りましょう」

彼女は白い扉に向き直り、両手でそれを押しひらいた。その瞬間、私は自分の顔に熱風が吹きつけるのを感じた。目の前が真っ白に光り、思わず片手を前にかざす。指の隙間から、金色《こんじき》に輝く巨大な隼の姿が見えた。

6

いや、金色ではなかった。そう見えたのは、真下に設置された篝火《かがりび》が、滑らかな隼の全身を明るく照らしているからだった。あの鋳像は、おそらく本来は銀色なのだろう。

そこは石畳敷きの広々としたホールだった。入り口のちょうど反対側、部屋の奥の中央部分だけが一段高くなっている。その壇上には、私の背丈ほどもある大きな石造りの四角柱が一本立っていて、隼を照らす篝火は、その四角柱の先端で燃えさかっているのだった。燃料には灯油を使っているらしく、それらしい臭《にお》いが鼻を刺激する。どこかで換気装置の回るような音が聞こえていたが、もう少しパワーを上げたほうがいいのではないだろうか。

「炎は太陽神の象徴です。私《わたくし》どもはあの篝火の炎をけっしてたやすことはありません」

野枝ひかりはホールの中央を粛々と進み、篝火の手前で立ち止まる。

「ヘム――真備庄介様をお連れしました」

そこには一人の男が胡座《あぐら》をかいて座っていた。私たちに背を向け、四角柱の台座の前で、じっと頭上の炎を見上げている。

「ああ……」

ヘムと呼ばれた男は、返事とも呻《うめ》きともつかない声を洩らすと、のろのろと立ち上がってこちらに身体を向けた。脂気のない、痩せた初老の男で、おそろしくみすぼらしい風体をしている。髪も髭も、いったいいつから伸ばしっぱなしにしているのだろう。服は、それを服と呼ぶのもどうかと思われるような代物で、白いぼろ切れを身体の要所要所に巻きつけているだけのようにも見えた。灯油の臭いに混じって、異臭が鼻を突く。どうやらヘムの身体から発せられているようだ。風呂に入っていないのだろうか。

彼は顔を上げ、蠅《はえ》のような目つきで私を見た。息をするたび、首の細い筋が皮膚に浮き出た。

「真備さん……ああ……信じなさいよ」

「はい？」

「あんたも、ラー・ホルアクティを……助けてくれるから」

ひどく掠れた、ヤスリを擦るような声だった。ヘムは大儀そうに口を動かしていたかと思うと、自分の腰のあたりにゆっくりと右手を差し入れ、つぎの瞬間、その手を驚くほどの素早さで抜き出した。彼の右手に小振りの刃物が握られているのを見て、私は思わず息を呑んで野枝ひかりの顔色を確認した。彼女は無言のまま直立し、じっとヘムを見つめている。

「セトを祓うだけだから……」

ヘムの声に、私は顔を戻した。

「大丈夫……祓うだけだから」

そんなことを呟いたかと思うと、ヘムは自分の周りの空気に向かってサッサッと刃物を振り回しはじめた。酔っ払いか麻薬中毒患者が蚊を追い払っているような動作だった。私は呆気《あっけ》に取られてその様子を眺めていた。ヘムの手にした刃物は黒い、半透明の材質でできている。

「黒曜石のナイフは神官の象徴なのです」

「ああ、そうですか……」

教えてもらったところで何の感慨もおぼえなかった。

それから野枝ひかりはヘムに向かって、言葉をひと言ひと言区切るようにして、ゆっくりと今日の経緯を報告しはじめた。彼女が真備の事務所を訪ねたこと。見学の承諾をもらい、教義を簡単に説明した上でここへ連れてきたこと。信者たちに会わせたこと。ヘムはそのあいだ、黒いナイフで周囲を突いたり払ったりしながら、おかしな唸《うな》り声を上げつづけていて、彼女の話を聞いているのかどうかも判然としなかった。しかしあるとき——彼女の話が、私をあの病気の少女に会わせたという部分に及んだとき、ヘムの態度は一変した。彼はぴたりと身体の動きを止め、唇を結び、淀《よど》んだ目をぎろりと彼女に向けたのだ。

「会わせたのか……あの子に」

「隠すべきではないと考えたものですから」

ヘムは黙り込み、しばらく野枝ひかりの顔をじっと見つめていた。やがて左手を彼女に向かって突き出して言う。

「あれを、渡しなさい」

野枝ひかりはうなずき、持っていたハンドバッグに手を入れながらヘムに近づいていった。彼女はヘムのすぐそばに立つと、彼に、白くて四角い何かを渡した。それが何なのかは、私の位置からではよく見えなかった。ちょうど彼女の背中が邪魔をしていたからだ。いまにして思えば、あれは彼女が意図的にそうしていたのだろう。

7

ホールを出たときには、熱気と狂人から同時に解放されてさすがにほっとした。それにしても、真備でなく私がここへ来て、かえってよかったのかもしれない。私は初めてそう思った。真備は昔、ある宗教団体をつぶしてしまったことがある。新興宗教の教祖と言い合いをして、信者全員の見守る前で、見事に言い負かしてしまったのだ。それからものの数日で、その宗教団体は解散してしまったらしい。——今回は、私がこのまま真備のふりをして、いいかげんにフムフムうなずいて帰れば、きっと何も問題は起こらないだろう。

廊下の先を見ると、あの二人のお供はまだそこに立っていた。先ほど立ち止まった位置から、まさか一歩も動かなかったのだろうか。

私たちが二人の脇を過ぎると、彼らのうちの一人がまた後ろをついてきた。もう一人は、私たちがたったいま出てきたホールの扉をあけ、中へと入っていく。ヘムに何か用があるようだ。

「真備先生――今日は、ほんとうにありがとうございました」

野枝ひかりは、どこか物憂《ものう》げな様子で口をひらいた。

「ずいぶんとお時間を取らせてしまい、申し訳ございません。事務所まで、車をお出ししますので」

ああようやく終わったと思った。腕時計を覗くと、いつのまにか時刻は午後八時半を回っている。二時間半ほども、私はこの教団本部を巡っていたらしい。

「あのヘムさんって人、ちょっと変わってますね」

帰れるという安堵《あんど》感から、私は思わず本音をこぼしてしまった。言ってから、まずかったかなと思ったが、意外にも野枝ひかりは静かにうなずいた。

「ああなったのは、半年ほど前、奥様がお亡くなりになってからのことです」

ああなったという表現が、ちょっと引っかかった。彼女はヘムの狂気を承知しているのだろうか。——野枝ひかりが何か言葉をつづけるものと思い、私はしばらく彼女の横顔を眺めていた。しかし彼女はそれ以上何も言うことはなく、じっと自分の正面を見据えたまま黙々と歩を進めるだけだった。

「そうそう、忘れておりました」

建物の正面玄関にほど近い場所まで戻ってきたとき、彼女は不意に立ち止まった。

「私どもが、普段どのような修行を行っているか——それをお話ししなければいけませんでしたね」

べつにいいですとはさすがに言えない。

「私どもの修行の主となる部分は、信者の一人一人がラー・ホルアクティと向き合うことです。この建物の上に広い屋上がございまして、私たちは日々そこで太陽を見上げ、祈りを捧《ささ》げています。祈りの作法はヘムが文献を長年かけて研究した上で定めたもので、基本的には古代エジプトで行われていた作法と同じです」

「あ、ヘムさんは、文献の研究なんかもちゃんとやっていたんですね」

「ヘムは大変研究熱心です。それはいまでも変わりません。先頃も、サハラ砂漠へ太陽神の巡礼と神殿の現地踏査に出かけ、つい一週間ほど前に戻ってきたところです」

「サハラ砂漠に、へえ……」

いろいろな意味で危なっかしいと思ったが、私は何も言わなかった。

それで、野枝ひかりの最後の説明は終了した。

「いま、車を回させますので」

彼女はドアの脇に取りつけてあるインターフォンに手を伸ばす。しかしその指先が受話器に触れる前に、ふと動きを止めた。

「真備先生」

振り返り、私を見る。彼女はしばらくそうしていた。何かに逡巡しているようだった。

「どうかよく……お考えになってみてください。今日、先生がご覧になったことを。私が先生にお話ししたことを」

「あ、はいそれはもう」

私は内心で首をひねった。彼女の様子に、何か——切実に訴えかけるものがあるように思えたからだ。

彼女はふたたび顔をそむけ、インターフォンの受話器を取った。そのとき、廊下の奥からお供の一人が小走りに近づいてきた。先ほどヘムのいたホールに入っていったほうだ。

「ヌト！」

どこの国の言語を喋《しゃべ》ったのかと思った。しかしすぐに、それが野枝ひかりの名刺に印刷されていた二文字であることに気がついた。ここでの彼女の呼び名なのだろう。

「どうしたのです？」

お供の男は野枝ひかりに顔を寄せ、何か素早く耳打ちをした。彼女の顔色が、はっと変わるのがわかった。彼女は男に鋭い視線を向けて問い質《ただ》す。

「何故です？」

「わかりません。ただ、ヘムがそう……」

二人はしばしじっと視線を交わしていた。野枝ひかりは冷たい視線を。男のほうは、もの怖じした視線を。そして、二人は同時にこちらへ顔を向けた。

「先生には、今夜、ここへお泊まりいただきます」


受難というのは、きっとこういうことを言うのだろう。

私にあてがわれたのは、六畳くらいの洋間にユニットバスのついた部屋だった。ひと晩宿泊するのに何も不自由はない。ベッドは柔らかいし、床に埃《ほこり》も落ちていない。ただ、当然のように、すべてが白かった。そして、携帯電話が通じなかった。

白いのはもう見慣れたとして、携帯電話が通じないのはいったいどうしたわけか。その疑問については、部屋に食事を運んできた野枝ひかりが答えを教えてくれた。

「この建物全体が、そうなっているのです。携帯電話を使用できないように。外界とのけじめがなくなるからということで、半年ほど前にヘムがそのようにいたしました」

「ああ、なるほど……」

ベッドに腰かけていた私は、しぼんでいく風船のように長い長い息をついた。その息とともに、やる気も根気も抜けていき、あとに残ったのは諦《あきら》めと無気力だけだった。運ばれてきた食事の盆に目を落とす。白米、豆腐と白ネギの和《あ》え物、皮を除いた白身魚のムニエル、大根おろしとしらす。飲み物は、二つのグラスにそれぞれ水と牛乳が入れられている。

「……で、いったいどうして僕がここへ泊まるんです？」

自分の声とは思えないほどの、虚《うつ》ろで平板な音だった。

「それについては、いま私が直接ヘムに質問して参りました。ヘムは、真備先生を心配しているのだと申しておりました。いま先生が夜の闇に出ていけば、きっとセトがその身体に入り込んでしまうと。ラー・ホルアクティがそう告げたのだと」

「はあ、そうですか……」

もう、言い返す気さえ起きない。

「明日の朝、必ずお帰しいたします。ほんとうに、申し訳ございません」

野枝ひかりは私に深々と頭を下げた。いやそんな、よ、よしてくださいなどと言うのも面倒で、私は黙っていた。彼女の肩越し、部屋の入り口には、あのお供の男がじっと立っている。あれはどっちの男だ。まあどちらでもいいのだけど。

「おかしいですよ……あのヘムさん、やっぱり」

捨て鉢な気分で、私は言った。彼女はしばらく頭を下げたままでいたが、やがて静かに顔を上げて私を見た。

「そのとおりです」

その言葉に、部屋の入り口で、お供の男がぴくりと身じろぐのがわかった。それから野枝ひかりは立ち上がり、部屋を出ていった。彼女は最後に、一つだけ私に言葉を残した。

「あれは、私の父です」

8

夜半、ベッドの上で私はじっと暗い天井を見つめていた。

寝返りを打ち、枕に側頭部を乗せる。廊下の灯《あか》りは点けられたままで、ドアの隙間から伸びた細い光が真《ま》っ直《す》ぐに床を区切っていた。——と、あるとき、その白い筋の一部が不意に掻き消えたのに私は気がついた。

誰かが、部屋の前に立ったらしい。

音がした。それは微かなものだったが、明らかに、ドアの鍵が回された音だった。私ははっとしてベッドの上に起き直る。それとちょうど同じタイミングで、ドアが外側から勢いよくひらかれた。部屋に黒い影が躍り込んでくる。ドアはすぐに閉じられ、相手の姿は闇に紛れてまったく見えない。だが、私にはわかった。そこにいるのが誰なのか。

異臭と、だらしない息遣い。

「ヌトから……何か聞いたのか？」

ヘムは絞り出すような声を発した。

「ヌトはあんたに、何か言ったのか？」

相手はゆっくりとベッドに近寄ってくる。

「あんた……何を聞いた？」

さっと風が起こり、狭い闇が攪拌《かくはん》された。ヘムが片手を上げたらしい。その手の先が、ドア口から洩れ入っていた光に一瞬だけ照らされた。何かが鋭く光る。棒のような——いや、先端が尖《とが》っている。あれは、あの篝火の前で彼が振り回していた黒いナイフだ。

私は心臓を鷲摑《わしづか》みにされたような恐怖を感じた。

「ちょ……ちょっと」

「何を聞いた！」

そのとき、廊下のどこかで女性の叫び声が聞こえた。ヘムががばりと動く。ドアのほうを振り向いたのだ。逃げるのはいましかないと思った。私は勢いをつけてベッドから飛び出し、両手両足で床に着地すると、立ち上がるのももどかしく、ほとんど四つんばいのまま猛然と前進した。ドアを引き、明るい廊下へと脱出し、すぐさま駆け出す。

「あこちゃん……あこちゃん！」

廊下の角に、あの少女の母親の姿が見えた。顔面が赤く染まっている。あれはどう見ても血だ。瞬間、私はヘムから逃げていることも忘れ、思わず彼女に駆け寄ってその顔を覗き込んだ。額が斜めに切れている。それほど深い傷ではないが、ひどい出血だった。

「どうしたんです？　何があったんです？」

「あこが……セトに身体を……私に花瓶《かびん》を投げつけて……」

母親は震える片手を持ち上げて廊下の一方を示した。白いパジャマの小さな後ろ姿が、ひらりと角を曲がって消えた。私は反射的に走り出す。少女は何か意味のわからないことを叫びながら廊下を駆けていく。角を右へ左へ曲がる。異変に気づいたらしく、廊下の左右の引き戸や扉がつぎつぎとひらかれて中から信者たちが不安げな顔を覗かせた。

「子供が走り出したんです、誰か捕まえて！」

私は信者たちに呼びかけた。しかし彼らは一様に、怯《おび》えた目をして、わけのわからない言葉を早口で発しながら部屋の中へと戻ってしまうのだった。少女の姿がまた廊下の角に消える。

「何やってるんです、あの子を捕まえて！」

誰も私の頼みを聞いてはくれなかった。私は大声で悪態をつき、懸命に両足を動かしつづけた。少女の消えた角を折れると、そこに延びていたのは、あの広いホールへとつづく廊下だった。突き当たりの扉が、ちょうど閉じようとしている。私はそこを抜け、ホールへと飛び込んだ。

中には数人の大人がいた。祈りを捧げているのか何をやっているのか、ホールの中心に円を描いて座り込んでいる。その円の中心を突き抜けるようにして、少女は正面にある篝火のほうへ駆けていった。座っていた誰もが、突然の出来事に色を失くし、彼女を止めることはできなかった。

「もうやです……くるしいです……！」

切れ切れの少女の声。ついで、彼女は激しく咳き込んだ。咳と荒い呼吸を繰り返しながら、彼女はすがるように正面の篝火へと近づいていく。私は必死に走り、走り、彼女に追いつこうとした。しかし床に座っていた連中のそばを抜けるとき、ちょうど彼らが慌てて立ち上がり、私はそのうちの一人に肩をぶつけて転倒した。

「やです……くるしいです……！」

少女はうわごとのように言いながら、燃えさかる篝火の台座をよじ上ろうとしている。そのとき、石畳の床に倒れ込んだ私の脇を、ばたばたと一つの足音が走り抜けた。ヘムだった。黒曜石のナイフを手にしたヘムは、おおおおおというような呻きを上げながら少女へ向かって駆けていく。少女は台座に両手両足をかけ、篝火に向かって這《は》い上りつつあった。その背中にヘムが抱きつく。少女を台座から引き離そうとする。少女は叫び声を上げる。――そして。

大きな音を立て、篝火の台座が倒れた。

炎は瞬時に直径一メートルほどの歪《いびつ》な円をつくって石畳に広がった。そのちょうど中心に、ヘムが倒れていた。少女は幸い炎の外だ。私は夢中で少女に駆け寄り、その小さな身体を両手で抱え上げて炎から遠ざけた。

「あこちゃん！」

追いかけてきた母親の腕に少女を押しつけ、すぐさま背後を振り返る。

「誰か、あの人を！」

私が声を上げるまでもなく、信者たちはヘムに駆け寄っていた。ヘムは自力で炎の中を這い進み、そこからにじり出た。しかしまた力尽き、ばたりと床に伏して動かなくなる。ヘムは燃えていた。身体に巻きつけた、服とも呼べないあの布が、完全に炎を上げていた。信者たちは炎を両手で叩《たた》き、自分の服を脱いで被せ、必死で消火にあたった。

扉のひらく音に振り向くと、ホールに駆け込んできたのは野枝ひかりだった。彼女はその場の光景をひと渡り見回し、正面に倒れているヘムに視線を向けた。口の中で何か短く叫び、そちらに駆け寄っていく。そのとき、ヘムがよろよろと身を起こした。もう炎は消えている。彼は火ぶくれの生じた顔を歪め、ぜいぜいと苦しそうにあえぎ——そうかと思うと、また仰向けにどさりと崩れ落ちた。

「あ……」

私は自分の目を疑った。ホールを走り抜けてきた野枝ひかりが、床に落ちていたあの黒曜石のナイフを摑み上げ、それを手にいきなりヘムへと向かっていったのだ。

「野枝さん！」

彼女は仰向けのヘムに乗りかかると、ナイフを彼の咽喉《のど》へ向けた。男性信者の一人が驚愕の表情を浮かべて彼女に追いすがり、その両肩を摑む。あの、お供の一人だ。野枝ひかりはものすごい表情で上体をねじり、相手の腕を振り払った。そのはずみで、彼女の手からナイフが飛んで石畳の床を転がる。彼女はそれを悔しそうに一瞥《いちべつ》すると、今度はいきなり振り返り、男のスーツの内側に腕を突っ込んだ。彼女が腕を抜き出したとき、その手には一本のボールペンが握られていた。彼女はヘムに向き直り、身体を投げ出すようにして彼の上に覆い被さる。誰かが叫んだ。私も、おそらくは声を上げた。目の前が一瞬白く染まった。私は二人に駆け寄ろうとした。しかし遅かった。そのときにはすでに、ヘムの咽喉にボールペンが突き刺さっていた。

「ヘムが殺された！　ヌトがヘムを殺した！」

信者の一人が狂ったように叫び出す。私は瞬時に無感覚に陥った。目の前で生じた恐ろしい事態に、神経の働きが追いつかなかった。――気がつくと、私は床を蹴って走り出していた。声を上げながら走り出していた。ホールの扉を薙《な》ぎ払うようにあけ、廊下へと躍り出る。白一色の建物の中を、本能に従って必死で駆け抜ける。角を曲がる。右へ。左へ。やがて行く手に半びらきのドアが見えてきた。私が寝ていた部屋だ。私は夢中でその入り口を抜け、すぐさま内側からドアを施錠した。そして脱衣所へ駆け込むと、ユニットバスに飛び込んでそのドアを勢いよく閉めた。大勢の足音。叫び声。泣き声。私は耳を塞《ふさ》いだ。それでも音は聞こえてきた。口をあけ、声を上げる。意味のない大声を上げる。音は聞こえなくなった。どんどん聞こえなくなった。私はユニットバスの床に倒れ込んだ。世界が真っ暗になっていった。

9

…………。

……………。

誰かが、ドアを叩いている。

私は目をひらき、身を起こす。

意識を失っていたのだろうか。どのくらい時間が経ってしまったのだろう。

ドアを叩く音が、また聞こえた。先ほどよりも強い音だった。私はユニットバスの床で膝を抱え、じっと顔を伏せた。どうすればいい。何をすればいい。部屋のドアをあけるわけにはいかない。相手が誰だかわからない。野枝ひかりだったらどうしよう。私は彼女がヘムを殺す瞬間を見てしまった。実の父親の命を奪う瞬間を目撃してしまった。

また、ドアが叩かれる。連続して叩かれる。どんどんどん、どんどんどん、どんどんどんどんどんどんどんどん——おや、と思った。

三・三・七拍子だ。ふざけているのか？

「真備さん、真備さん」

……この声。

「おうい、偽者の真備さん」

……この声は。

私はカエルのように跳ね上がり、ユニットバスを飛び出して一気に部屋の入り口まで走った。鍵をあけ、ドアを引く。

「やあ道尾くん、おはよう」

真備だった。その後ろには凜もいる。

「真備……北見さん……まき……きた……」

私は二人に交互に顔を向け、口をぱくぱく動かした。

「北見くんが、あんまりきみのことを気にするものだからね、仕方なくここの住所を調べて様子を見に来てみた」

「私、あの野枝ひかりっていう人が、どうも信用できなかったんです。上手く言えないんですけど、何か、すごく重大なことを隠しているような気がして」

凜が言い、また真備がつづけた。

「しかし、ここへ来てみて驚いたよ。建物の入り口に新聞記者やら雑誌記者やらが何人も詰めかけていて、揃って信者さんたちにマイクを向けているんだもの」

「そう、そうなんだ、大変だったんだよ！」

「悪かったね、道尾くん。僕がきみをそそのかしたせいで、おかしな騒動に巻き込んでしまって。信者さんたちから、だいたいの事情は聞いた。昨日の見学のこととか、夜中の事故のこととか」

「昨日……？」

私は驚いて腕時計を覗き込む。十一時過ぎだ。真備の物言いからして、たぶん、午前の十一時過ぎなのだろう。私はずいぶんと悠長に気を失っていたらしい。

「それより真備、ヘムさんがどうなったか知らないか？　この教団の代表の人だ」

「詳しいことは知らないけど、ゆうべ病院へ運ばれたみたいだね。全身に火傷を負っていたけど、命に別状はなかったらしいよ」

「いや、火傷もそうだけど、刺し傷のほうは？」

「刺し傷？」

「そう、刺し傷だ。野枝さんがボールペンでヘムさんの咽喉を――」

私は思わず息を呑んだ。真備の背後に、その野枝ひかり当人の姿が現れたのだ。真備が彼女を振り返る。

「野枝さんって――この、野枝ひかりさん？　彼女がボールペンをどうしたって？」

「つき、突き刺したんだよ。火傷を負ってふらふらのヘムさんの咽喉に、彼女はボールペンを突き刺したんだ！」

私は野枝ひかりに指を突きつけ、彼女を糾弾《きゅうだん》した。彼女は途惑うように私の顔に視線を向ける。

「咽喉にボールペンか……なるほど、考えたもんだ」

真備は何故だか感心したように彼女を振り返った。そして、おかしなことを訊く。

「あなた、医療関係のお仕事のご経験がおありなんですか？」

「あ、はい。以前に看護師をやっておりました」

「でしょうね。素人《しろうと》に思いつくような処置じゃない」

「おい真備――え――何がだ？　医療関係が何なんだ？」

私が質問を挟むと、真備は自分の咽喉を指差して説明してくれた。

「呼吸障害を起こした場合の緊急処置だよ。喉仏《のどぼとけ》の下あたりの皮膚を刃物で切開して、そこから気道へ中空のものを突っ込むんだ。そこの皮膚は薄いし、血管が通ってないから、血はほとんど流れない。中空のものっていうのは、たとえばストローとかチューブとか——もしそういったものが手近にないときは、ボールペンの本体とかだ。重度の熱傷患者は、火傷の手当てよりもまず気道確保を優先しなければならない。熱で咽喉元の気道が閉塞《へいそく》してしまっているからね」

「する、すると、じゃあ、あの……」

私が野枝ひかりに顔を向けると、彼女は小さくうなずいた。

「ナイフで父の咽喉の皮膚を切って、そこへ芯を抜いたボールペンの本体を挿入しました。ほんとうは、医師免許を持っている人間しかやってはいけないのですが、場合が場合でしたから」

「あの、僕はあの、てっきりあなたが……」

彼女はゆっくりと首を横に振った。

「無理もありません。あの場にいた信者たちでさえも、私が瀕死《ひんし》の父に襲いかかったと思ったらしいですから。彼らは、私と父が対立していることを知っていたので、そう考えてしまったようです」

「対立……」

そして、彼女は私たちにすべての事情を打ち明けてくれたのだった。


「今回のことは、私の……言ってみれば、脱出計画のようなものだったのです」

野枝ひかりは、ラー・ホルアクティの代表者とその妻とのあいだに生まれた一人娘だった。彼女は幼い頃から両親の宗教を信仰してはいたが、それにどっぷりと浸かり込むつもりはなかった。彼女は高校を卒業すると看護学校へ通い、看護師になって一人暮らしをはじめた。両親もそれを止めはしなかった。しかし、彼女は病院での激務と人間関係のストレスで身体を壊し、三年ほど前に仕事を辞めたのだそうだ。それからしばらくのあいだ、アルバイトをして生活していたのだが、あるとき彼女は、そんな日々にふと虚《むな》しさをおぼえたらしい。

「そのとき、私は思ったのです。この虚しさは、自分が絶対的に信じられるものを何も持っていないせいなのではないか。だから世界が、こんなに虚しくて意味のないものに見えてしまうのではないかと。そこで頭に浮かんだのが、この教団のことでした」

そして彼女はラー・ホルアクティに入信し、この教団本部で暮らしはじめた。両親はひどく喜び、すぐに彼女に教団内での高い地位を与えた。信者たちも、ヘムの血を引く彼女を崇《あが》め、敬ってくれた。

「はじめのうちは、いい気分でした。でもそのうちに、以前の虚しさがまた自分の心にきざしてくるのを感じたのです。私は考えました。この虚しさは、いったい何なのだろうって。そしてようやく気づきました。私はラー・ホルアクティという神の力を信じてこの身をゆだねたのではなかったのです。善いことも悪いことも、すべて自分の力ではなく神の采配なのだと、ただ言い訳をしたかっただけだったのです。けっきょくは、弱い自分をよりいっそう弱くしているだけだったのです」

そんな自分の気持ちを、彼女は父親に打ち明けた。それが数ヶ月前のことだった。教団を出たいと彼女は父親に相談したのだが、彼はそれを許さなかった。

「半年前に、母が膵臓《すいぞう》の癌で亡くなっていました。きっと、そのせいもあったのでしょう。父は、一人になるのが怖かったのだと思います。もともと母が亡くなって以来、父は精神的に少し参っていました。信者たちに対して厳しい管理態勢を敷き、外部との接触を断たせ、自分を頂点とするこの組織を瓦解《がかい》させないことに異常に執着しているようでした。まるでこの建物の外観そのもののように、自分と神と信者を、箱の中に閉じ込めてしまったのです。そして、私が教団を出たいと相談したそのときからは、父はますますおかしくなってしまいました。とくに私に対しては、行動をひどく規制するようになりました。教団本部から外へ出るときなどは、必ず監視役をつけるのです。私は、このままでは自分は一生ここから出られないと思いました」

「監視役というのは――もしかして、あの二人の男の人？」

「はい。私が逃げ出したり、誰かに助けを求めたり、そういったことができないように、父が命じて私につかせているのです」

あの二人は彼女のお供などではなかったのか。

「でも、昨日、真備の事務所へは一人で入ってきましたよね？」

「たしかに、ああいったかたちで一人になることもあります。でもそうした場合、そのあいだ私が誰と何を話したのか、必ずあとでチェックされることになっているのです」

「チェック——どうやって？」

「古くさい方法です。ああやって一人になるときは、いつもテープレコーダーを持たされます。昨日も、テープレコーダーをハンドバッグに入れさせられて、真備先生の事務所に入る直前に録音ボタンを押すよう言われていました」

「じゃあ、あのときの会話はすべてテープに？」

「そうです。昨日、ホールで私が父に手渡していた白いテープがそれです。——私が事務所に伺ったとき、入って三十分ほどで急に出ていこうとしたのを憶えていらっしゃいますか？」

「あ、ええ。なんだかいきなり帰ろうとしましたよね」

「あれは、ハンドバッグの中で回っていた録音テープが、六十分テープだったからなのです。三十分で片面が終わって、そこで反転しますでしょう？　そのときの音が聞こえるといけないと思ったものですから」

「じゃあ、もしかして、そのあと急に咳き込んだのも？」

「はい。外に出るのを待ってくれとあなたに止められたので、仕方なくあんなことをしたのです。咳をすれば、テープの反転する音を誤魔化せると考えまして」

　すると、私が彼女の肩を支え、しきりに心配しているあいだに、彼女のハンドバッグの中ではテープが反転していたのか。

「それにしても、そもそも野枝さんは、昨日真備の事務所に何をしにいらしたんです？　さっき、今回のことはあなたの脱出計画みたいなものだったとおっしゃいましたけど」

「はい。自分が脱出する機会をつくると同時に、私はこのラー・ホルアクティの異常さを正すつもりだったのです。子供が病気に罹《かか》っても、母親が医者に診せようとさえしない、この場所の異常さを。日々の食べ物にしたってそうです。あんな白い食材ばかりで、健康に影響が出ないはずがありません」

　たしかに、昨夜のような真っ白な食事を毎日食べさせられては、いつか身も心もぱさぱさになってしまうに違いない。そういえば昨日真備の事務所で、彼女は「コーヒーは駄目」と言った直後に美味《うま》そうにコーヒーを飲んでいたが、あれはきっと録音テープが回っていたからなのだろう。ほんとうはコーヒーが好きなのだけど、それを飲んだことがあとでばれるとまずい。だからあんなちぐはぐな行動になってしまったのだ。

「私、以前に真備先生が別の宗教団体をつぶしたことがあるとお聞きしていたものですから、先生がこの教団本部の内情を一度ご覧になれば、きっと何か行動を起こしてくれると考えたのです。だから私は、真備先生をここへお連れしようと思ったのです。もちろん父には、それらしい理由をつけて説明しました。真備先生をこのラー・ホルアクティに入信させることができれば、大きな広告塔になってくれるのではないかと提案したのです。父は私の提案を受け容《い》れてくれました。私が教団の存続に協力的になってくれたのだと、思いたかったのかもしれません」

しかし彼は、娘を完全に信用してはいなかったのだろう。ほんとうに信じていたのなら、監視役をつけたり、テープレコーダーで会話を録音させる必要などない。

「あの、ところで野枝さん。僕がほんとうは真備じゃないってことには、ずっと気づかなかったんですか？」

私が訊くと、野枝ひかりは少し笑った。

「じつは、ここへ来る車の中で、気づいていました。もともと事務所でお話ししたときから、どこか様子がおかしいとは思っていたのです。ずっと、内心では首をひねっていました。そして車の中で、あなたがコートのポケットから携帯電話を取り出して電話をかけようとしていたとき、ああこの人は真備先生じゃなかったんだと確信したんです」

「電話をかけたら、どうして真備じゃないんです？」

「だってあのとき、あなたの携帯電話のディスプレイに〈真備庄介〉っていうメモリーが表示されていましたから。自分の名前を連絡先に登録している人なんていません」

するると、完全に嘘を見抜いている相手に対して私は演技をつづけていたのか。

「どうして早く言ってくれなかったんですか、あなたばれてますよって」

「申し訳ありませんでした。でも、仕方がなかったのです。——あなたの携帯電話のディスプレイを見た時点で私は、真備先生は教団本部に足を運んでくれる気がなかったのだと気がつきました。でも、いっしょに車に乗っていた監視役の二人には、それを絶対に悟られてはいけないと思ったのです。彼らがそのことを父に報告してしまったら、見込みのない行動ならばもうやめろということになってしまうに決まっているからです。そうなれば、今回の計画は烏有《うゆう》に帰してしまいます。——そこで、私は考えたのです。真備先生に教団本部へ来ていただけないのであれば、あなたをこのままお連れして、ここで見聞きしたものをあなたの口から真備先生にお話しいただくしかないと」

なるほど。たしかに昨夜あんな事故が起きなければ、そのとおりになっていたかもしれない。どこかで見聞きしてきたことを、真備の事務所に押しかけてぺちゃくちゃ喋って帰るのは、私の得意の行動だ。

「道尾くん——ちょっといいかい？」

真備が言葉を挟んできたのは、そのときだった。

10

「いまの話の中に出てきた『子供が病気』って、何のこと？」

「ああ、ゆうべ野枝さんが僕に会わせてくれた信者が二人いるんだけど、そのうちの一人が小さな女の子でね。風邪なのか何なのか——熱を出して、おかしな行動をとるんだ。でも母親が、それを悪魔だか瀬戸物だかのせいにして、医者に診せようとしないらしい」

「瀬戸物じゃなくて、たぶんそれはセトだろう。ところでその女の子のおかしな行動ってのは、たとえばどんな？」

「光を怖がったり、ひどく暴れたり——そういったことだよ。ゆうべも、あの子が急に走り出して、ホールの篝火を倒したんだ」

　私の言葉で、真備の表情が急に硬くなった。

「何だ、真備……どうした？」

　私の質問を無視し、彼はさらに訊く。

「きみが会ったもう一人の信者というのは、どんな人だった？」

「ええと……なんとかさんっていう老人だ。名前は忘れたけど、神様のおかげで急に眼がよくなったとか言ってた。好きな推理小説がまた読めるようになったって喜んで

――」

「野枝さん」

真備は私の言葉に被せるようにして野枝ひかりに声をかけた。

「この教団は太陽神を祀《まつ》っているようですが――もしや修行の中に、太陽を直接見るなんていう行為がありますか？」

野枝ひかりは真備の顔を見据え、「あります」と答えた。

「信者の中に、エジプトへ巡礼か何かに行った人は？」

今度も彼女はうなずいた。

「父が、つい先頃行って参りました」

「サハラ砂漠？」

「おっしゃる通りです」

真備は難しい表情で「なるほど」と腕を組む。私にはいったい何がなるほどなのだかちっともわからなかった。私の困惑をよそに、彼は野枝ひかりに、どこか労《いたわ》るような目を向けた。

「だからあなたは、わざわざ道尾くんに、その二人を引き合わせたのですね。少しでも早く助けてあげなければいけない二人を」

「はい。看護師をやっていた経験から、二人の病状には察しがついていました。父に何度も説明をしたのですが、父はすべてをラー・ホルアクティの御力とセトの魔力で説明して、絶対に譲りませんでした。急がなければと思っていたのです。それで私は、今回のような思い切った計画を実行したのです」

　私は耐えきれず、二人に交互に顔を向けながら訊いた。

「二人の病状って――でも、あの女の子はともかく、老人のほうは眼がよくなったと言っていたのに？」

「よくなってなんかいない。その老人は白内障だよ」

　真備が答えた。

「白内障？」

「太陽に眼球が長時間さらされると、とくに年配の人は白内障になる危険性がある。新聞や本の字がよく見えるようになるのは、この病気の典型的な徴候だ。要するに、急速に近視が進んでいるんだよ。その老人、早く眼科に連れていかないと失明する可能性もある」

「失明……」

　推理小説をまた読めるようになったと嬉《うれ》しげに語っていたあの老人が、光を失う可能性のある病気に罹っているというのか。

「じゃあ、あの女の子のほうは、いったい何の病気なんだ？」

「おそらくは、髄膜炎だろう。脳を包んでいる髄膜が炎症を起こす病気だ。症状には、高い熱や、まぶしがり症と呼ばれる、光に対する激しい不快感、あるいは怒りっぽくなるといったものがある」

まさに、あの少女の症状そのままだった。

昨夜、彼女は髄膜炎の苦しみに耐えきれず部屋を飛び出したのだ。そして、幼いながらに信じていた自分の神のもとへ、救いを求めて必死に走ったのだろう。

「髄膜炎にはいろいろな原因があるんだけど、その女の子の場合はたぶん、髄膜炎菌の感染によるものなんじゃないかと思う。野枝さんのお父さんから感染した可能性が高い。サハラ砂漠の南には髄膜炎ベルトと呼ばれる流行地域があるからね。彼はそこから菌を持ち帰ってしまったんだろう」

「すると、あのヘムさんも同じ病気に罹ってるっていうのか？」

「いや、ただ保菌者というだけだよ。大人は体力があるから、保菌者でも滅多に発病はしない。そのかわり、小さな子供と接触したとき、相手に感染させて発病させてしまうことがあるんだ」

——あの子は、ヘムに可愛がられていたのに、どうして。

そういえばあの少女の母親が、こんなことを言っていた。

——ヘムの抱擁を受けて、あんなにラー・ホルアクティの御力を注いでいただいたというのに。

「真備、あの子は大丈夫なのか？　まさか、もう手遅れなんてことは……」

私の質問に答えるかわりに、真備は野枝ひかりに視線を向けた。彼女は小さくうなずいてみせる。

「大丈夫です。発病してから一週間ほど経っていますが、まだ抗生物質の投与で治せる状態だと思います。今日すぐに、私があの二人を医者に連れていくつもりです」

それから彼女はこちらに身体を向け、しばらく私の顔を見つめてから、深々と頭を下げたのだった。

「今回はご迷惑をおかけして、ほんとうに申し訳ありませんでした。ゆうべ、あこちゃんを追いかけて、倒れた篝火のそばから引き離してくれたのも、道尾さんだと聞いています。心から、感謝しています。ありがとうございました」

考えてみれば、道尾として礼を言われたのも、その名前を口にしてもらったのさえも、そのときが初めてだった。

こうして、唐突にはじまった今回の出来事は、また唐突に終わった。

11

ソファーに腰をうずめ、私は一日分だけ伸びた髭をいじりながら、キッチンで凜がコーヒーの支度をするのを眺めていた。教団本部から、真備のおごりでタクシーに乗り込み、ついさっき戻ってきたばかりだった。心身ともに疲れきってはいたが、私はどうしても凜の淹れてくれるコーヒーが飲みたくて、家には帰らず真備の事務所へ来たのだ。

「先生、原稿の直しは大丈夫だったんですか？」

凜の質問に、私は「は？」と首を突き出す。

「原稿の直しって？」

「いえあの、すみません。道尾さんじゃなくて……先生に訊いたんです」

「あ、真備。そうだよね……」

私はソファーの上で肩をすぼめた。私の真備はもう終わったのだ。

「ゆうべのうちに、なんとかなったよ」

ソファーの脇でパキラの鉢植えに水をやっていた本物が答える。

「北見くんの確定申告のほうも、大丈夫だったんだろう？」

「はい。今朝ここへ来る前にしっかり提出してきました」

どうやら二人のほうも、ひと仕事終わったところらしい。

ローテーブルの上に、凜が湯気の立つカップを三つ載せた。私は早速自分の分をひと口すする。コーヒーは最高に美味かった。何より色がいい。真っ黒だ。

「それにしても真備、これからあのラー・ホルアクティはどうなると思う？」

「さあ……」

真備はカップの中に視線を落とした。

「僕には、わからないよ」

「あそこの信者たちにはこれからいろいろと難しいことが待ち受けているんだろうな。あんな宗教と関わったばっかりに」

私が言うと、真備はコーヒーの湯気に話しかけるように、「仕方がないんだよ」と言葉を返した。

「ああいう集団は、どうしたって生まれてしまう。いつの世もね。——釈迦《しゃか》の原始仏教もイエスの原始キリスト教も、それまでのバラモン教やユダヤ教から見ればカルト以外の何ものでもなかった。何を信じるのが正しいかなんて、誰にもわからないんだよ。かといって、誰もが自分自身を信じられるほど強くもない」

「なるほどな……」

私の手持ちの哲学では、そう言ってうなずくことくらいしかできなかった。

「あ、そうだ。昨日道尾さんが持ってきてくれたおみやげ、食べましょうよ」

鬱然《うつぜん》とした私の顔を見て気を利かせてくれたものか、凜がキッチンのワゴンの上から仏像もなかの包みを取ってきた。

「先生も、一つくらい食べません？　甘いもの、疲れてるときには美味しいですよ」

「いや、せっかくだけど僕は遠慮しとく」

「悪かったな、真備。今度は何かしょっぱいものを持ってくるよ。うっかりしてた」

「うっかりね……」

真備はにやりと口許を歪め、横目で私を見る。その様子から、私は自分のひそかな計略が露呈していたことを知った。

「わざとなんだろ？　道尾くん」

「何をわけのわからないことを——」

「確定申告の期限日は、毎年三月十五日と決められている。それが今日だ。そして昨日は、その一日前だから、つまり」

私は慌てて遮った。

「いいじゃないかべつに、そんなこと」

「しかし、なんだかほんとに白づくしだなあ、今回は」

「もういいって」

私は舌打ちをして、ローテーブルに顔を向けた。包装を解かれた箱の中には、仏像のかたちをしたもなかがずらりと並んでいる。黒あんと白あんがあったので、私はもちろん黒あんを選んで食べた。凜は白あんのほうを食べながら、ときおり私のほうへ目を向けてきた。私はなるべく視線を合わせないようにした。真備は途中で一度だけ箱に手を伸ばしたが、やっぱり僕が食べちゃ悪いかな、などとわざとらしいことを言ってその手を引っ込めたりしていた。

それから数ヶ月後、私はあのラー・ホルアクティが解散したという噂を聞いた。そのすぐあとに、野枝ひかりに教えておいた私の住所に、彼女からの手紙が来た。そこには礼と感謝の言葉がいくつも書かれてはいたが、総じて言えば事務的な文面だった。あこちゃんというあの少女は、あれから小児科に入院して、すぐに元気になったし、白内障の老人も、いい眼科が見つかったらしく、治療をつづけているそうだ。ヘムの熱傷は軽いものではなかったが、なんとか体力は回復し、火傷の痕《あと》もいずれは目立たなくなるだろうと医者に言われたらしい。彼女自身は、当面は父親と二人で暮らしながら、そのうち自分の心が落ち着いてきたら、また看護師として働いてみたいと書かれていた。

あれ以来、私は彼女に一度も会っていない。

ときおり私の耳の奥で、若葉の上を透明な水滴が転がるようなあの声が聞こえることがある。そんなとき私は、神様だの信仰だの親子だの、難しいことはなるべく考えないようにして、ただ、彼女が元気でやっていればいいなと思うことにしている。

花と氷

1

「アキとは、よく学食のテーブルで将来の話を……」

北見凜《きたみりん》は小声で喋《しゃべ》っていた。

「いつも最後は、まあなんとかなるよみたいな感じに……」

真備《まきび》霊現象探求所の片隅で。

「私が悩んでいるときは、わざと明るく振る舞ってくれて……」

背筋《せすじ》を伸ばし、顎《あご》を引いて。

「そんなアキが結婚するなんて、なんだかとっても不思議です……」

壁に向かって、目を閉じて。

大丈夫、絶対に上手《うま》くいく——これだけ練習したのだから。

小さい頃、緊張するときは相手をカボチャだと思えと母に言われた。本番ではそれをやってみようか。カボチャ。カボチャ。みんなカボチャ。カボチャの季節はいつだったか。いまは六月。アキはジューンブライド。昨日まで雨がつづいていたのだが、今日はよく晴れてくれてよかった。などと余計なことを考えていたらスピーチの内容を忘れてしまう。アキとは、よく学食のテーブルで……いつも最後は、まあなんとかなるよみたいな……。

「北見さん、時間大丈夫なの？」

振り返ると、ソファーで道尾《みちお》がコーヒーカップを片手に壁の時計を示していた。午後一時四十二分。横浜駅近くのホテルで行われる披露宴は三時スタートで、町田にあるこの事務所からホテルまでは、徒歩と電車を合わせて約五十分。開宴ぎりぎりに行くわけにはいかないから、たしかにそろそろ出かけたほうがいいかもしれない。

「帰りはここには寄らないいんだよね？」

奥の仕事部屋から、真備庄介《しょうすけ》がデスク越しに訊《き》いてきた。

「あ、そのつもりです。とくに急ぎの仕事がなければ」

今日は短大時代の友人、明子《あきこ》の結婚披露宴。凜は友人代表としてスピーチを任じられているのだ。スピーチ原稿は一週間ほど前から完璧に暗記しているのだが、本番の時間が近づくにつれてしだいに不安になり、いまもこうして内容を復習《さら》っていたのだった。

「仕事のほうは大丈夫だから、ゆっくり楽しんできなよ」

「ありがとうございます。じゃあ私、そろそろ」

「道尾くん、見納めだよ、北見くんの肩」

「何で肩なんだよ」

「グッとくるって言ってたじゃないか」

「そんなこと言ってないよ、ああいう服を着てるのは見慣れないから、なんかちょっと新鮮な感じがするって言ったんだ」

「行ってきますね」

曖昧《あいまい》に笑い、凜は両肩にショールをかけて事務所のドアを出た。高い陽が路面を照らし、事務所からつづく下りの坂道が白く光っている。路傍の欅《けやき》は濡れたように青々としていた。

坂を下り、横浜線の成瀬《なるせ》駅へ向かう途中に、小さな児童公園がある。遊具は一新され、囲いの鉄柵《てつさく》はペンキが塗り直されてピカピカだが、ずっと昔からある公園だった。幼い頃、姉の玲《れい》といっしょによくここで遊んだものだが——いまはただ駅への近道として通り抜けるだけだ。

姉も、駅へ行くときはやはりここを通っていた。最後に通ったのは平成九年の夏、強い雨が降る夜のことだ。仕事帰り、この公園を通り抜けた数分後、姉は事故に遭い、二十七年の短い生涯を終えた。

駆けつけた病院の、細々《こまごま》とした情景を、凜はいまでもはっきりと憶《おぼ》えている。雨のせいで薄く濡れた床のタイル。遠くから聞こえていた、手拍子のようなスリッパの音。廊下を歩く誰かのしわぶき。飲み物の自動販売機の前で、いつまでも迷っていた男の子。

青葉と土の匂いで、初夏の公園はむせかえるようだ。額《ひたい》に照りつける太陽を片手で防ぎながら、凜はなんとなくあたりを見渡してみた。今日は土曜日なので、眩《まぶ》しい景色のそこここに子供の声が響いている。

ブランコのそばに、小学校低学年らしい少女たちが集まっていた。はじめ、凜の視線はその場所を素通りしたが、すぐに逆戻りし、ふたたびそこへと向けられた。輪のようになった彼女たちの中心に、一人の老人がいる。痩せたシルエット。もともとあまり上背がないところに、猫背のせいで余計小柄に感じられる。白いTシャツ。作業ズボン。

知っている人だった。

片手に提げたビニール袋から、老人は白い紙を取り出して少女たちに配っている。明るい声でしきりに何か言っているが、内容はよく聞き取れない。

挨拶《あいさつ》をすべきだろうか。迷いながら、しばらく顔を向けていると、老人のほうが気がついてくれた。微笑し、首を突き出すようにして会釈してきたので、凜も軽く頭を下げた。

公園をあとにするとき、背後で少女の一人が何か言い、それに被《かぶ》せるようにして老人が高い笑い声を上げるのが聞こえた。その笑い声が、三日前、彼が事務所にやってきたときの印象からは想像もできないほど明るいものだったので、凜は胸の底がほっと温かくなった。


薪岡《まきおか》というその老人が事務所へやってきたのは、水曜日の夕刻のことだ。

——孫娘に、どうしても謝りたいんです。

掠《かす》れた、息の多い声で、薪岡はまずそう言った。リビングのソファーで応対した真備は、じっと黙ったまま彼の話を聞いていた。キッチンで二人分のお茶を淹《い》れながら、凜はその様子を覗《のぞ》き見た。例によって道尾も遊びに来ていたのだが、来客のために居場所を失い、手持ち無沙汰そうにキッチンの隅っこで文庫本をめくっていた。

八歳の孫娘が死に、つい先日、四十九日の法要を終えたところなのだという。その孫娘に、どうしても謝罪がしたいのだと薪岡は言った。

薪岡は成瀬駅の向こう側に一人で暮らしているらしい。築四十五年の自宅に併設された、小さな作業場で『薪岡ねじ製作所』を経営し、ネジの製造販売を生業《なりわい》としてきたのだとか。八年ほど前、二人三脚で仕事を手伝ってくれていた妻が死に、それを機《しお》に商売はやめていた。以来、薪岡は年金をもらいながら、日々の暮らしを「発明」に費やしてきたのだという。

――発明、ですか。

このときばかりは真備も言葉を挟んだ。

ええ発明です、と薪岡は首を揺らすようにしてうなずいた。

――いままで、どこにもなかったものをね、つくるんです。自分で。生栗《なまぐり》の皮を一度で素早く剝《む》く『栗っぺろり』。声を出すと自動的にスイッチが入ってくれる拡声器『触れんど』。コッペパンに素早くホットドッグ用の切り込みを入れてくれる『ドッグスパ』。ボタン一つで文庫本のページをめくってくれる書見台『めくるさん』。これまで多くの作品をつくりあげ、小さな商社と契約して実際に販売まで漕《こ》ぎつけたものも二、三あるらしい。

――つくりはじめるとね、こう、夢中になるんですな。アイデアが目の前でかたちになっていくもんで。

ソファーに座っているあいだ、終始思いつめた顔をしていた薪岡だが、それでも発明の話になると得意らしく、疲れきったその顔に僅《わず》かな喜色が浮かんだ。しかしその直後、嬉《うれ》しげな表情は跡形もなく掻き消え、彼は静脈の浮いた両手で顔を覆ったのだった。

――孫娘を殺したのは、それなんです。私の発明の趣味が、あの子を殺したようなものなんです。

小学校二年生だった孫娘の美緒《みお》は、土曜日や日曜日になると、いつも一人で薪岡の家へ遊びに来ていた。共働きの両親は、休みの日は疲れきっていて、美緒の遊び相手になってはくれなかった。薪岡は彼女が来るたび、絵本を読んでやったり、ネジを投げて天井に刺すという特技を見せてやったりしていたのだが、何より自分の発明品や試作品を披露することがいちばん多かったそうだ。

――何を見せてもねえ、おじいちゃんすごい、おじいちゃんすごいって驚いてくれるんです。それで、大抵はそのあとに、おじいちゃん、ほかにもこんなものがあったらいいよねって言うんです。さっきの栗の皮のやつもね、あの子のアイデアだったんですよ。

美緒が死んだのはひと月半ほど前、日曜日の朝のことだった。例によって家に来ていた彼女を、薪岡は作業場で遊ばせていたのだという。

――ちょうど、そのとき新しい試作品ができ上がったところで。

それは消しゴムだった。もちろんただの消しゴムではなく、消したあとに出るカスを自動的に吸い込んでくれるというものだったのだが、何度やってみてもこれが上手くいかない。カスをちゃんと吸い込んでくれなかったり、あるいは強く吸い込みすぎて紙が浮き上がってしまったり。モーターを取り替え、ネジを調整し、薪岡はああでもないこうでもないと試行錯誤を繰り返していた。

――夢中になってしまったんです。あの子が遊びに来ていることを、私はいつのまにか忘れてしまった。

薪岡は痩せた咽喉《のど》を震わせた。

いきなり、背後で大きな物音がしたらしい。驚いて振り返ると、これまでつくった試作品を並べてあるスチール棚が床に倒れ、美緒の姿がどこにもなかった。

——もともとその棚は古くて、脚がぐらついていたんです。ですからあの子がいるときは、いつも近づかないようにさせていました。この棚は危ないんだよって言って。もしかしたら自分がそんなふうに注意していたからこそ、美緒はこっそり棚の中を探ってみたくなったのかもしれない。そう薪岡は話した。

——何か秘密のものでも入っていると、あの子に思わせてしまったんでしょうか。

棚の下から血だらけの美緒を引っ張り出し、薪岡はすぐに救急車を呼んだ。美緒の両親も病院に駆けつけ、三人で涙を流しながら治療の結果を待った。ロビーの長椅子に座っていた母親が悪心《おしん》を訴え、父親が彼女の身体《からだ》を支えながらトイレに向かおうとしたそのとき、医師が美緒の死亡を報《しら》せに来たのだという。

——息子にも嫁にも、ひどく罵倒《ばとう》されました。だから言ったじゃないか。だから何度も、くだらない趣味はやめろって言ったじゃないかって。

壊れるように、薪岡は事務所のソファーで泣き出した。作業ズボンのポケットから写真を取り出して、顔にくっつくほどの位置で見つめ、脂気のない指先でその表面を撫《な》でながら、ああ、ああと声を上げた。そこには一人の少女が写っていた。ピンク色の笑顔が膨らんだような、可愛らしい子だった。写真を胸に抱くようにして、ひっくひっくと子供のようにしゃくり上げ、薪岡は切れ切れの声で訴えた。

——ゴミを見るようなんです。大きなゴミを。

美緒が死んだあとの、息子夫婦の目。

——同じ年頃の女の子を見るのが、辛《つら》いんです。

泣き暮らす毎日。

——あの子に謝りたいんです、どうしても。

頭を離れない自責の念。

——ほんとは……ほんとは……。

死にたいのだと、薪岡は言った。

——でもその勇気がない。いっそ誰かに殺してもらいたい。あの子に殺して欲しい。私を殺して欲しい。死んだあの子に謝る方法か、私を殺してもらう方法……そのどちらかでいいんです、私に教えてください。お願いします。お願いします。

初対面の真備に、薪岡はそうやって頭を下げつづけたのだった。

真備霊現象探求所には、しばしばこういった人々がやってくる。死んだ誰々に会いたい。先に逝《い》ってしまった誰々に、どうしても伝えたいことがある。——しかし、彼らはみんな勘違いをしている。真備の事務所はそういった相談を持ち込む場所ではなく、もっと言えば、持ち込むには最も不適当な場所なのだ。何故なら真備自身、死者に会う方法を見つけたいという一心で事務所を構えたのだから。死んだ妻に会いたいという、強い思いから。

霊現象らしきものを体験した人々が、事務所に様々な相談を持ち込んでくる。それを調査することで、霊現象とは何かを、少しずつだが知ることができる。そういった仕事をつづけていれば、いつかはきっと死者に会う方法を見つけることができるのではないか。――真備はそう考えているのだった。事務所の名前が『研究所』でなく『探求所』となっているのも、そのためだ。

ところがここ数年のあいだに、真備が関わったいくつかの事件がメディアで大きく報じられたせいで、事務所の名前が広く知られるようになった。名前は一人歩きし、真備を霊媒師か何かだと思ってやってくる人が急激に増えた。持ち込んでくる相談事の多くが深刻なものだけに、真備も無下《むげ》に扱うわけにはいかず、懸命に応対はする。しかし彼らの願いを叶《かな》えてやることなど、もちろんできない。大抵、相手は落胆するか、ときには怒りを露《あら》わにして、事務所をあとにする。そして真備は一人、別人のように疲れきった顔で黙り込むのだった。

――大変、申し上げにくいことなんですが。

薪岡が涙を拭き、凜の淹れたお茶を飲んで少し気分が落ち着いた様子になったのを見計らって、真備は切り出した。事務所のやっている仕事の内容を穏やかに、丁寧に説明しながら、それでも誠心誠意で老人の哀しみを和《やわ》らげようとしているのがわかった。

——心中、お察しします。

説明を終え、そんな言葉とともに真備は頭を下げた。薪岡は口の中で何か聞き取れないことを呟《つぶや》きながら、下を向いて額をのろのろとこすった。それからしばらく唇を結び、じっと自分の膝先《ひざさき》に視線を据えていた。

——そうでしたか。

やがて薪岡は顔を上げると、寂しげに微笑《ほほえ》み、きちんと調べもせずに事務所へやってきてしまい申し訳なかったと真備に謝った。帰り際、真備にドア口まで送られた薪岡は、玄関の三和土《たたき》で革靴の踵《かかと》を揃《そろ》えて丁寧にお辞儀をした。

——ありがとうございました。

それは、単なる辞去の挨拶だったのかもしれない。しかし、そのときの薪岡の所作に、彼の人生がしのばれる気がした。忘れがたいお辞儀だった。

疲れきった両目を一度細め、薪岡は事務所を出ていった。

先ほど公園で、薪岡の明るい笑いを背後に聞いて安堵《あんど》したのは、そんなことがあったからだった。あれから彼はどうしただろうと心配していたのだ。どうやら、笑えるだけの力を取り戻してくれたらしい。死んでしまった孫娘と同年代の少女たちに接することで、自分の背負ってしまった哀しみを振り払おうと決めたのだろうか。明日、真備にも話してやろう。口や態度には出さないが、彼もあれからずっと薪岡のことを気にしていたようだから。

緩やかな風に髪を遊ばせながら駅へ向かった。駅舎の中で、二人の少女が凜を追い越していった。楽しげに早口でぽんぽんと何か言い合いながら、それぞれポシェットを腰の横で撥《は》ね上げ、駆け足で改札口へと急いでいく。自動改札を通る前に、少女のうちの片方が振り向きざま、備え付けのゴミ箱に紙くずを放った。紙くずはゴミ箱の口をそれ、縁に当たって落ちた。少女はすぐにそれを拾おうとしたが、もう一人のほうが電車の時間のことを言ったので、けっきょく落ちたものをそのままに、自動改札を抜けてホームへの階段を上っていった。

凜は少女の残していった紙くずを拾い上げ、ゴミ箱に入れようとした。が、ふとその手を止めた。

くしゃくしゃになった紙をひらいてみる。それはA４判の用紙で、片面に文字と絵がモノクロ印刷されていた。何かを切り貼りしてコピーしたのだろうか、スナック菓子の袋、缶ジュース、果物、ぬいぐるみ、びっくり箱などがワイワイと寄せ集められた漫画的な絵。用紙の上のほうに、『おたのしみ会《かい》！』と大きく書いてあった。その内容をひと目見て、凛はどうしようもなく胸が切なくなった。

『明日《あした》の朝九時《あさ9じ》から、おたのしみ会《かい》をやるよ！　プレゼントもあるよ！　さあ、だれに当《あ》たるかな？　はやいものがち！　みんなでいこう！』

用紙の下のほうに地図があり、『なるせ駅《えき》』、『スーパー』、『ひろば』などの場所が説明されている。真ん中に家のマーク。そこには『薪岡《まきおか》ねじ製作所《せいさくじょ》――ココでやるよ！』と書いてあった。

あの児童公園で薪岡が配っていたのは、これだったのだ。

チラシの皺《しわ》を伸ばして丁寧に折りたたみ、凛はハンドバッグに仕舞った。

ホームへの階段を上ると、ちょうど電車が滑り込んできた。

2

頭が真っ白なうちに、スピーチは終わった。それでも憶え込んだ内容はなんとか喋れていたようで、テーブルに戻ると周りの友人たちが、口々に「よかったよ」と声をかけてくれた。

ひな壇で新婦の明子がにっこりと笑い、唇を動かした。ありがとね、と言ってくれたようだ。学生時代から変わらない、凛よりも短い髪をした彼女だが、そのボーイッシュな雰囲気は真っ白なウェディングドレスに不思議とよく映《は》えていた。綺麗《きれい》だな、と素直に思った。それほど広い会場ではなく、ひな壇はほんの十メートルほど先にあるのだが、色とりどりの生花に飾られた華やかなその場所は、なんだかとても遠くにあるように思えた。彼女のお腹に、すでに新しい命が芽生えていることは、招待状と前後して送られてきた丸文字の手紙に書いてあった。

スピーチへの緊張から、それまでほとんど手をつけられずにいた料理を食べようとフォークを手にしたら、

「例の事務所の先生とは、どうなのよ？」

隣に座った友人がいきなり訊いてきた。

「べつに、どうもないよ」

以前に同窓会をやったとき、彼女に真備の話をしたことがあるのだ。

「うそ進展ないの？　ぜんぜん？」

くいくいとハイペースで飲みつづけてきたワインが、もうだいぶ回っているらしく、友人は声も抑えずにあれこれ訊いてきた。しかし、凛が曖昧な答えを返していると、張り合いがないと思ったのか、

「ま、頑張んなよ」

凜の肩を叩《たた》いて話題を切り上げ、またウェイターにワインの追加を頼んだ。

拍手に送られ、新婦がお色直しのために会場を出ていく。フォークを握ったまま、凜はまだ灯《とも》されていないテーブルのキャンドルをぼんやりと眺めた。華奢《きゃしゃ》な空色のキャンドルが、目の中で滲《にじ》みそうになったので、慌てて顔をそむけ、また料理に向き直る。姉と真備の披露宴で灯されたのも、たしかこんな色のキャンドルだった。

――同じ年頃の女の子を見るのが、辛いんです。

あのとき新岡の言葉を聞いて、どきりとしたのを憶えている。もちろん事情はまったく異なるが、凜の中にも、やはりそんな気持ちがある。結婚式や披露宴で微笑み合っている二人。幸せそうな若い夫婦。そういった人たちを見ると、祝福する思いの片隅に、ある別の感情が転がっていることに気づいてしまうのだ。それは冷たい、一粒の氷のような思いだった。どうして世の中には幸運と不運があるのだろう。どうしてこの人たちばかり幸せなのだろう。どうして不運は、姉や真備を選んだのだろう。姉が死に、真備との短い夫婦生活に唐突な句点が打たれてから、もうずいぶん経《た》つ。なのに、胸に転がったその氷をいつまでも取りのけることができずにいる自分が、凜は哀しかった。

「独身女性の皆様、どうぞこちらへお集まりください！」

新婦のお色直しが済み、宴がしばらく進んだとき、司会者が陽気な声を上げた。

「凜、行くよ」

腕を引っぱり上げるようにして、隣の友人が凜を立たせて会場の前方へと連れていく。物思いに囚《とら》われていた凜は、いったい何事かと驚いたが、行ってみるとそこには新婦の明子が立っていて、ブーケの入った籐《とう》の籠《かご》を両手で胸に掲げ持っていた。籠からは白いリボンが十数本伸びている。

「皆様、それぞれ一本をお選びください。二本選んじゃ駄目ですからね」

司会者の言葉で会場に笑いが起きる。

ブーケプルズだった。リボンのうちの一本が、花嫁の持つブーケにつながっているのだ。ブーケトスのかわりに、最近ではよくこれが行われると聞いてはいたが、実際に参加するのは初めてだ。

「先に選んじゃうからね」

やる気満々といった感じで、友人がリボンを選ぶ。集まった同年代の女性たちも、それぞれにリボンを握り、最後に余った一本を、凜は手に取った。

「いいですか、ではいきますよ……せーの!」

嬌声とカメラのフラッシュ。ブーケを中心にして、白いリボンが一斉に広がる。凜も握っていたリボンを引いた。くい、と手応えがあった。花嫁の明子が、ぱっと表情をひらいてこちらを見た。

「おめでとうございます！」

ボリュームのつまみを一気にひねったように、凜の周りで大きな拍手と歓声が起きた。

3

翌朝、事務所へ入った瞬間、ぎょっとした。

「あの……」

ソファーで長身を丸めている真備。這《は》いつくばるようにして床にぶっ倒れている道尾。二人して半口をあけ、掛け合いのように寝息を聞かせている。こんなことは初めてだ。ローテーブルにはグラスが二つ。空になったウィスキーの瓶《びん》。柿の種とスルメ。アイスペールの中で、氷がすっかり水に変わっている。

「先生、ちょっと」

真備を揺り起こそうとして、凜は手を止めた。横になった真備の腕に、アルバムが抱かれている。どこに仕舞ってあったのだろう。凜がこのアルバムを目にするのはずいぶんと久しぶりのことだった。ひらかれたままのページには、披露宴の写真が貼られている。姉と真備の披露宴。キャンドルサービスのシーン。友人たちの余興。親族のスピーチ。ウェディングドレスの姉とタキシードの真備が、招待客にからかわれて笑っている場面。

凜は真備の腕からそっとアルバムを抜き出した。音を立てないよう、静かにページを閉じる。そしてまたアルバムを真備の腕の中へと戻した。

「あれ……北見さん、帰ってきたんだ」

ローテーブルの上のものをキッチンへ運んでいると、道尾が目を醒《さ》ましてとんちんかんなことを言った。

「もう朝ですよ。日曜日の朝です」

「えっ、なんだ朝まで寝ちゃったのか。ゆうべは家に帰って短編の原稿やろうと……オ……アォ……思ってたのになあ」

大あくびをし、道尾はこきこきと首を鳴らした。

「おい真備、朝だぞ」

肩を揺すられ、真備もぼんやりと目をひらく。その場に凜がいることを知ると、彼は素早く自分の腕の中を確認したが、そこにあるアルバムが閉じられているのを見て安心したように息をついた。

「北見くん、おはよう。いや、ゆうべは道尾くんの愚痴に付き合わされて、飲みすぎちゃったよ」

下手な嘘を、凜は笑って聞き流し、キッチンでグラスを洗った。

昨日ここで凜がスピーチの練習などしていたせいで、きっと真備は自分の結婚式や披露宴を思い出してしまったのだろう。道尾はそれに遅くまで付き合わされていたのに違いない。――悪いことをした。

「あれ、この花は？」

凜が持ってきたブーケを、真備は覗き込んだ。事務所が殺風景なので、自分のアパートよりもここに置いたほうがいいだろうと思い、昨日もらったブーケを持ってきたのだ。が、凜はいまになってそれを後悔していた。あんなものを飾ったら、真備がまた昔を思い出してしまうかもしれない。――しかし誤魔化《ごまか》すわけにもいかず、グラスをゆすぎながら凜は昨日のブーケプルズの話をした。

「ああ、それで大当たりを引いたわけだ」

微笑し、真備は籠に入った白い花を見る。そうしてしばらく黙っていた。

あのブーケは、やはりアパートに持って帰るべきかもしれない。でも、いまさらそれもわざとらしい。どうしようかと考えているうちに、ふと凜は思いついた。

「私それ、薪岡さんのところへ持っていってあげようかと思うんです」

真備が意外そうな顔を向けた。

「薪岡さんって、あの？」

「ええ。今日、子供たちを集めて『おたのしみ会』をやるらしいんですよ。昨日、たまたまチラシを拾ったんですけど――」

ハンドバッグに入れてきたチラシを真備に見せ、凜は説明した。今日の九時から、子供たちが薪岡のところへ集まるらしい。プレゼントを配ったりもするようなので、そのプレゼントに、自分がもらってきたブーケも加えてあげるといいのではないか。女の子は、きっと喜ぶだろう。そう思って自分はこのブーケを持ってきたのだ。――嘘と本当が、半々ずつの説明だった。

「九時から か――」

いまは八時二十分。壁の時計を見上げ、しばらく物思わしげに唇を尖《とが》らせていた真備は、やがて小さく一つうなずいた。

「じゃ、その『おたのしみ会』ってのに僕たちもお邪魔してみようか。薪岡さんにも、もう一度会いたかったし。道尾くんはどうする?」

道尾は渋い顔をして、でも短編がなあ、とか何とか口の中で呟いていたが、わりとすぐに答えた。

「僕も行くよ」

ほどなくして真備と道尾は身支度を終え、凜が淹れた『豆のにしかわ』のコーヒーを飲み、三人で事務所を出た。

チラシの地図にあった場所まで行くと、賑《にぎ》やかな声が聞こえてきた。苔《こけ》の生えたブロック塀の内側に、ちょっとした庭があり、そこに女の子たちがすでに十人ほど集まっている。薪岡のつくったチラシを片手に、わくわくした笑顔が並んでいる様子はなんとも微笑ましかった。楽しげに囁《ささや》き合う声の中に、「プレゼント」という言葉が何度か聞こえてくる。

「テレビゲームやらパソコンやらで、味気ない時代だけど、こんな光景もあるんだね」

まだ目が醒めきらないのか、道尾はしょぼしょぼと瞬《まばた》きをしながら少女たちを眺めていた。

手首を返して腕時計を覗くと、八時五十五分。

「あと五分ですね」

真備を振り返った。彼はどこか屈託した表情で、視線をじっと下に向けている。昔のことを、また思い出してしまっているのだろうか。凜は真備の様子に気づかないふりをして、少女たちのほうへ顔を戻した。

「もういいよね」

少女の一人が建物の玄関に近づいていき、ドアのノブに手をかける。

「まだダメだよ」

別の子が、可愛らしい腕時計を示しながら言った。少女はしかし、つんとすました顔でノブを回す。が、ドアはあかない。鍵が閉まっているようだ。ドアには貼り紙がしてあり、手書きの文字で『九時《くじ》にスタートだよ！　時間《じかん》がきたら入《はい》っておいで！』と書いてあった。少女はつまらなそうに、ほかの子たちのところへ戻っていく。建物の、向かって左側がかつての仕事場だったようで、『(有) 薪岡ねじ製作所』と明朝体で記されたガラスの掃き出し窓があった。窓の内側にはグレーのカーテンが引かれていて、その隙《すき》間《ま》から、何か機械の一部がちらりと見える。薪岡が「発明」に励んでいたのも、この場所なのだろうか。そして孫娘の美緒が亡くなったのも――。

「北見くん、もう一度チラシを見せて」

唐突に、真備が片手を伸ばしてきた。

「どうしたんです？」

凜はハンドバッグの中から昨日のチラシを取り出して渡した。真備の様子には、どこか妙なところがあった。さっきは姉のことを考えているのだと思ったのだが……違うのだろうか。

微《かす》かに眉根《まゆね》を寄せ、真備はじっとチラシに見入っている。そして今度は顔を上げて玄関のドアを見つめた。

「北見くん、いま何時？」

「ええと――ちょうど九時に」

かち、と玄関で音がした。口々に何か言い合いながら、少女たちが競うようにドア口へ向かう。一人がノブを回すと、ドアは抵抗なくひらいた。玄関の内側に、てっきり鍵をあけた薪岡の姿があるものと思っていたのだが、そこには誰もいない。どうして鍵があいたのだろう。

「薪岡さんが、『発明』であけたのかな。タイマー仕掛けか何かでさ」

道尾が背伸びをして玄関口を覗き込む。

少女たちの頭越しに朝日が射《さ》し込み、埃《ほこり》っぽい三和土を照らしていた。汚れた革靴が一足きり置いてある。

あ、と少女の一人が声を洩《も》らした。それにつづいて、ほかの子たちも嬉しげな声を上げた。上がり框《がまち》に木製の台が置かれていて、そこに白い紙箱が十個ほど並んでいるのだ。台に紙が貼ってあり、『↑プレゼントだよ！　当《あ》たりはひとつだけ！』と書いてある。

真備が口の中で何か短く言った。少女たちは一斉に箱に手を伸ばす。

「待った！」

真備が鋭い声を飛ばしたのはそのときだった。

少女たちの小さな身体が同時に強張《こわば》り、きょとんとした顔がばらばらに振り返る。

「……先生？」

凛も真備を見た。彼の表情には、微かな迷いのようなものが浮かんでいる。その迷いを振り切るように、真備は歩を踏み出すと、玄関へ近づいていった。そんな彼の様子に驚いたようで、少女たちが怯《おび》えたように道をあけた。

「道尾くん」

真備の声は硬かった。

「少しのあいだ、この子たちが箱に触れないようにしていてくれ」

「あ、うん」

ぽかんと口をあけて道尾が玄関へと向かい、その顔のまま少女たちと箱とのあいだに立った。真備は脇をすり抜け、靴を脱ぎ捨てると、廊下を奥へ進んでいく。いったい何だというのだろう。凛は慌てて彼につづいた。プレゼントの箱が置かれた台の下から、テグスのような紐《ひも》が何本も出ているのが、そのとき見えた。紐はコの字形の金具で固定され、束になって廊下の壁を伝い、天井近くにあけられた穴の奥へと消えている。

家に上がり込んだ真備は、薪岡を捜しはじめた。呼びかける。部屋を覗き込む。が、どこにもいない。かび臭い和室。その隣に、布団が敷きっぱなしになった部屋。台所の流しには、使った食器がいくつも積み重ねられていた。台所の脇から細い廊下が延びている。真備はそこを進んでいった。廊下は先ほど外から見えていた作業場につづいているらしく、真備の背中越しに、やがて使い古された機械の端が見えてきた。つぎに、寝台のようなものが目に入った。そして、作業ズボン。Tシャツ。祈るようにして胸に添えられた両手。胸の上で組まれた薪岡の手の下に、一枚の写真がある。枯れ枝のような指のあいだから、小さな笑顔が覗いている。

薪岡が横たわっていたのは、ローテーブルのような低い台だった。彼の頭の側に、金属製の高い棚がある。重たそうな機械類が、無理やりのように、いくつも詰め込まれていた。その棚と天井とのあいだに、何か機械が嵌《は》まっている。機械からは、先ほど見たテグスのような紐が何本も伸びていて、それぞれに天井を伝い、壁の穴へと消えていた。

「薪岡さん……」

入ってきた真備の顔を見ると、薪岡は粘土を歪《ゆが》めたような感じで、泣き笑いの表情になった。

4

さっきまで横たわっていた台に、薪岡は作業ズボンの腰を下ろしていた。揃えた膝の上に美緒の写真を両手で持ち、細々《ほそぼそ》と息をつきながら、ときおり小さく洟《はな》をすすっている。寂しくて、哀しくて、痛々しい横顔だった。いったいこれがどういう状況なのか、凜はまだまったく理解ができていなかったが、薪岡のその様子は強く胸に迫った。

「よくもまあ……こんな仕掛けをつくりましたね」

薪岡の隣に座った真備は、呆《あき》れたように棚の上の機械を見上げた。

「これしか、あの子に自分を殺してもらう方法が、私には思いつかなかったんです。同じ場所で、同じかたちで殺してもらうには、こんなやり方しか……」

言葉の最後が溜息《ためいき》のようになって消えた。

「玄関にあった箱を手に取ると、作動するようになっていたんですか？」

「箱につながったテグスが引っ張られると、機械のスイッチが作動して――この」

薪岡は疲れきった薄笑いを浮かべ、傍らにある金属製の棚を示した。

「この棚が、私の上に倒れるようになっていました」

二人の会話を聞きながら、凜はようやく事態が呑み込めてきた。

――あの子に殺して欲しい。私を殺して欲しい。

事務所で涙ながらに訴えた、あの言葉。薪岡はこんな仕掛けをつくって、その願いを自ら現実化しようとしたのだ。美緒に、自分を殺してもらいたい。でも美緒はもうこの世にいない。ならば彼女と同年代の少女に、その代役を担ってもらおう。――そんなふうに、薪岡は考えたのに違いない。

ぽつりぽつりと、並んで座った二人は言葉を交わしていた。

「チラシを見たときから、引っ掛かっていたんです」

「チラシが……どこか、おかしかったですか？」

「ええ、少し」

手にしたチラシを、真備は眺めた。

「ここにある、プレゼントのことです。『だれに当《あ》たるかな?』と書いてあるにもかかわらず、そのあとに『はやいものがち』となっている。これ、よく考えると矛盾していますよね。抽選だか先着順だか、わかりません」

痩せた肩を揺らし、薪岡は乾いた笑いを洩らした。

「ええ……たしかにね」

「でも子供たちは、そんなことには気づかない。彼女たちはこれを読んで、どう感じるか。——『はやいものがち』となっているのだから、当然早く行かなければと思う。九時か、それ以前に。そして『だれに当《あ》たるかな?』と書いてあることで、頭のどこかに漠然と、籤《くじ》のようなものを思い描いている。だから、ドアをあけて入ったとき、そこに箱が並んでいたら、彼女たちは抵抗もなく一斉に手を伸ばしてしまう」

「仕掛けを成功させたい一心で、そんな文面にしてしまったんです」

意図的にそうしたと言いたいのか、あるいは気持ちがつい文面に出てしまったということなのか、どちらともとれる言い方で薪岡は呟いた。

「玄関に並んでいたあの箱は、どれを手に取ってもこの機械が作動するようになっていたんですか?」

いいえ、と薪岡は首を振った。

「あの中の、一つだけです。ぜんぶの箱から、この機械にテグスが伸びてはいますけど……そのうちの一つだけがスイッチにつながっていました」

まるでブーケプルズだ。

「それは、どうして？」

真備が訊くと、薪岡は目をつぶり、両手で顔を撫でさすりながら答えた。

「罪悪感を持たせるわけには、いかないと思いましてね」

その言葉の意味を、凜はすぐに理解することができなかった。真備も同様だったらしく、訊《たず》ねるように小さく首をひねる。

「銃殺刑と同じですよ」

虚《うつ》ろな目で、何もないところを見上げながら薪岡は説明した。

「ほら、外国で昔、銃殺刑のときにこんなやり方をしていたでしょう。何人かで、一斉に受刑者を撃つ。でも全員のライフルに実弾が入っているわけじゃない。中には空包が入っているライフルもある。バン、と音が鳴りはするけれど、弾《たま》は飛び出さない」

たしかにそんな話を、凜もどこかで聞いたことがあった。

「銃殺隊の人たちは、どのライフルに空包が入っているのかを知らない。つまり、誰が受刑者を殺したのかは本人たちにもわからないんです。すると、どうなるか。みんなが例外なく、自分のライフルには空包が入っていたんだと考えるんです。自分は受刑者を殺していないんだと。だから受刑者が死んだとき、誰も罪悪感を抱かない。――なかなかの工夫ですよね」

「なるほど……そういうわけでしたか」

真備はうなずいて、床に視線を落とした。

死んだ美緒と同年代の少女に、薪岡はどうしても自分を殺して欲しかった。贖罪《しょくざい》がしたかった。しかし彼女たちに罪悪感を抱かせたくはない。そんな思いから、薪岡はこのような仕掛けをつくって作業場に横たわっていたのだ。孤独で頑《かたく》なその行為に、凜は胸が締めつけられた。

玄関のほうから、少女たちの声がする。待たされて不平を訴えているようだ。合間合間に、道尾が彼女たちをなだめている声が聞こえた。

「薪岡さん……少々短見だったとは、お思いになりませんか」

長い沈黙のあと、真備がふたたび老人に顔を向けた。

「どういうことです？」

「少女たちが手にする箱の一つが、この機械を作動させて、棚を倒す。そしてあなたの命を奪う。――図式的に見れば、たしかに先ほどおっしゃった銃殺刑と、とてもよく似ています。でも、根本的なところがまったく違っていますよね。その違いが何だか、あなたはおわかりになっているはずです」

薪岡は言葉を返さない。

無表情なその横顔に向かって、真備はつづけた。

「あなたが呼び集めた少女たち——いま玄関にいるあの子たちは兵士じゃないということです。いつもお孫さんと遊んであげていたあなたなら、そのことに思い至らないはずがないじゃないですか」

じっとうつむき、美緒の写真を見つめていた薪岡の咽喉が、微かにへこんだ。

真備はしばらく唇を結んでいた。胸の内にある言葉を口にするのを、ためらっているようだった。

「もし仕掛けが成功して、ここであなたが死んだとします。テレビのニュースや親御さんの話から、彼女たちは知ることになる——自分たちが手に取った箱の一つが、あなたを殺した機械を作動させたのだということを」

言葉はしだいに勢いを増し、それにつれて真備の目は悲痛な色を強くしていった。

「そのときおそらく彼女たちは、みんな例外なくこう思う。自分が一人の老人を殺したのだと。自分の箱が、あのとき機械を動かしたのだと。何故なら彼女たちは兵士ではないからです。人を傷つけてはいけないと教えられているからです。子供だからです。彼女たちの心はまだ幼い。責任を他人の手に回し、そのまま忘れてしまうなんて器用な真似はできない。箱を持ち上げたときの感触は、きっと永遠に彼女たちの手に残ります。いつまで経っても忘れることなんてできない。箱を見るたびに思い出す。あなたと同じくらいの年代の人を見るたびに思い出す。ずっと逃げられない」

　両手で額を摑《つか》むようにしながら、薪岡はうつむいていた。真備の言葉が終わったあと、顔を上げ、何か言いかけたが、それをやめた。膝の上の写真に目を戻してじっと見つめ、二度ほど口の中で聞こえない言葉を呟いた。

「薪岡さん。美緒ちゃんの気持ちを、わかってあげてください」

　訴えるような、真備の声だった。

「あの子の……気持ち」

「本当のところは、もちろんわかりません。でも僕はこんなふうに思います」

　薪岡の顔を見ずに、真備は淡々と言葉をつづけた。

「一ヶ月半前、あなたが試作品の改良に熱中しているとき、美緒ちゃんは過ってこの棚を倒してしまった。先日あなたは、そのとき美緒ちゃんが悪戯心《いたずらごころ》を起こして、何か秘密のものでも仕舞われているのではないかと、この棚を探ったのかもしれないと言いましたよね。でも僕は、違うような気がするんです」

　薪岡はちらりと真備に視線を向け――そして、すぐにまた顔をそむけた。尖った喉仏《のどぼとけ》が薄い皮膚の下で動いた。

「美緒ちゃんは、あなたの気を引きたかったんじゃないでしょうか。あなたの目を盗んで悪戯したのではなく、あなたに目を向けてもらいたくて、美緒ちゃんは悪戯をした。自分と遊んで欲しいのに、あなたが試作品に夢中になっていたものだから、彼女は哀しかったんじゃないでしょうか。あなたのことが大好きだったから」

ほんの僅かに、薪岡が顎を引いた。

「人が死んだらどうなるのか、僕にはまだわかりません。でもこれだけは言えます。生きていようが死んでいようが、人が最も哀しみを感じるのは、自分の気持ちをわかってもらえなかったときです。美緒ちゃんは、あなたが大好きだった。そんなあなたが自分のあとを追って命を絶とうとしていることを知ったら——そして、自分と同年代の女の子たちに、その残酷な行為を実行させようとしていると知ったら、彼女はどれほど哀しむと思いますか？」

真備は言葉を切った。

ずいぶん経ってから、薪岡は先ほどと同じような仕草で小さく顎を引いた。

それからは、どちらも黙り込み、小さな虫の羽音のような薪岡の呼吸が、作業場に聞こえているだけだった。薪岡の横顔から徐々に険《けん》が消え、穏やかな表情になっていき、つぎに哀しげな色が浮かぶと、やがて迷子の子供のように寂しい顔になった。その様子を、凜は静かに見ていた。薪岡が洟をすする音が、それから何度か聞こえた。

「ほんとは……わかっていたんです」

薪岡がふたたび口をひらいた。

「銃殺刑なんて、あれは、ただの言い訳でした。この仕掛けが実行されたら、玄関で箱を手に取った女の子たちは、きっと全員が胸に罪悪感を抱えることになる。そのことを、ほんとは……私はわかっていた。わかっていながら、誤魔化していた」

真備は哀しげに薪岡の顔を見ていた。

「悔しかったんです。あの子は——美緒は死んでしまった。なのにほかの女の子たちは楽しそうに笑って、遊んで、生きている。それが、そのことが悔しくて、どうしようもなく恨めしくて。心のどこかに、彼女たちにその恨めしさや悔しさをぶつけてやろうという気持ちがあったんです。だから、こんな」

虚ろな目で、薪岡は棚の上の機械を見上げた。

「こんな仕掛けをつくったんです」

そのとき、薪岡の痩せた胸の内側に凜は、白い氷を見た気がした。あの氷。凜自身の胸にも一粒転がっている氷。

——同じ年頃の女の子を見るのが、辛いんです。

その思いが、薪岡の中で大きく育ってしまったのだろう。冷たく白い、恨みの感情となって、薪岡を動かしてしまったのだろう。

薄く笑い、老人は静かに呟いた。

「理不尽だと、お思いになりますか？」

しばらくの間を置いてから、真備は答えた。

「思いません」

これが、真備と薪岡のあいだで行われたやりとりの一部始終だった。

このあと作業場で起きた出来事は、二人のやりとりとは直接の関係を持たない。はたしてあの出来事が起きたほうがよかったのか、それとも起きなかったほうがよかったのか、凜はいまだにわからずにいる。どちらでもいいといえば、まあそれまでなのだが。

まず、足音が聞こえた。それがだんだんと近づいてきて、部屋の入り口で止まった。振り向くと、道尾が不機嫌そうな顔を覗かせていた。

「真備、いったい何やってるんだよ」

「あ！」

という三つの声は同時だった。真備と薪岡が、ものすごい勢いで蛙《かえる》のようにその場から飛び退《の》くのも同時だった。天井近くでカチッと音が鳴り、ついで棚の上に設置された機械がガクンと動いた。道尾が目を離したものだから、玄関で少女たちが箱を手に取ってしまったのだ。凜のすぐ目の前で、試作品の大量に詰まった棚がぐらりと揺らぎ、まるで動物が唸《うな》るような音を立てながら、たったいままで真備と薪岡が並んでいたその場所に倒れ込んだ。激しい衝撃音。舞い上がる埃。飛び散る何かの部品。

入り口から首を突き出した格好のまま、道尾が目と口をあけて固まっていた。

5

「女の子って、やっぱり花が好きなんですね。喜んでもらえてよかった」

初夏の青空を見上げ、凜は伸びをした。ひどくお腹が空いていることに気づき、腕時計を覗いてみると、もう午《ひる》に近い。

事務所への帰り道だった。

「みんな、最初は不満そうだったのにね」

真備がのんびりと声を返す。

『おたのしみ会』など、最初からなかったのだ——とはとても言えず、集まっていた少女たちには、とりあえず薪岡の家にあった海苔《のり》煎餅《せんべい》と黒糖飴《あめ》を皿に入れて配った。それから凜が、持ってきていたブーケの花を急いでばらし、人数分に分けた。それを、薪岡が玄関に仕込んでおいた自殺装置の引き金——白い紙箱に、それぞれ入れて渡してやったのだ。はじめは「何これ」だの「いらない」だの言っていた少女たちだったが、やがて、こっちのほうが綺麗だとか、あたしのやつのほうが大きいなどと言いはじめ、最後にはとうとうみんな自分の花を気に入ってくれた。それからは、薪岡がネジを投げて天井に刺すという特技を披露し、それをみんなで練習したり、道尾がつっかえつっかえ本を読んでやったりした。

「薪岡さん、もうこれからは変なこと考えないと思いますか？」

事務所へとつづく坂道にさしかかったところで、凜は訊いた。

「だといいけどね」

何本目かの欅を過ぎた頃、ようやく真備は声を返した。坂道の先に向けられたその横顔は、空のずっと向こうを見ているようだった。

「北見くん——昨日の披露宴、楽しめた？」

急に、訊かれた。

少し迷ってから凜は正直に答えた。

「あんまり楽しめませんでした」

真備は微かにうなずき、自分の足先に視線を落とした。

「僕も、きっとそうだと思う。結婚式や披露宴に招待される機会は、ここのところないけど——もし招待されたら、平気ではいられないだろうな」

あの氷を、凜はふたたび思った。披露宴で微笑み合っている二人や、幸せそうな若い夫婦を見るとどうしても生まれてしまう、あの白くて冷たい感情。

真備の胸にも、やはり同じものがあったのだ。凜はいま初めて、そのことに思い至った。

だからあのとき真備は、

——理不尽だと、お思いになりますか？

薪岡の言葉に、こう答えたのだろう。

——思いません。

過ぎていく時間と足並みを揃え、思い出は徐々に遠ざかっていく。そんな毎日の中で、胸にたくさんの花を咲かせて暮らしている人もいる。いつまでも溶けない氷を哀しんでいる人もいる。引いたリボンの先につながっているのが花なのか、氷なのか、そんなことは誰にもわからない。どちらがいいとは、きっと言えないのだろう。花は綺麗だけど、氷だって大切な思い出の証《あかし》だ。捨てずにゆっくり溶かしてやれば、だんだんと水に変わってくれる。

その水で、花も咲く。

「道尾くん、いつまでも沈んでないで、ちょっとは話に入ったら？」

「ああ、うん」

自分の犯してしまった失敗がどうしても許せないらしく、道尾は薪岡の家を辞してからずっと塞《ふさ》ぎ込んでいた。終始うつむいていて、ときおり何か口の中で呟いては溜息を洩らしている。

空を見上げると、小さな鳥が一羽、視界の端を素早く横切っていった。

しばらく経ったら、また薪岡の顔を見に行ってみよう。そのときは、昨日公園で耳にしたような明るい笑い声を――本当の笑い声を、聞かせてくれるだろうか。やはりそれは、すぐには難しいことなのだろうか。哀しんだ人は、いつになれば笑えるのだろう。笑うというのは、哀しみを忘れることなのだろうか。

後日、新婚の友人から、赤ん坊が生まれたという報せが届いた。葉書には赤ん坊の写真が大きく印刷されていた。哀しみを知らないその笑顔を、凜はいつまでも眺めていた。

この作品は二〇〇九年八月小社より刊行されたものです。

GENTOSHA NOVELS

花《はな》と流《なが》れ星《ぼし》

2011年5月10日　第1刷発行

著　者――――道尾《みちお》秀介《しゆうすけ》
発行者――――見城　徹

発行所――――株式会社　幻冬舎
〒151-0051 東京都渋谷区千駄ヶ谷4-9-7
電話:03(5411)6211(編集) 03(5411)6222(営業)
振替:00120-8-767643

印刷・製本所――図書印刷株式会社

検印廃止

Printed in Japan
ISBN978-4-344-00937-0 C0293
幻冬舎ホームページアドレス　http://www.gentosha.co.jp/
この本に関するご意見・ご感想をメールでお寄せいただく場合は、
comment@gentosha.co.jp まで。